세계 교과서 동화
프랑스

옮긴이 **최진숙** / 그린이 **송은경** 외

(주)학은미디어

예술과 국어를 아끼고 사랑하는 사람들

예술의 나라 프랑스! 예술을 사랑하고 예술이
생활 그 자체인 프랑스 사람들은 국어인 프랑스
어를 참으로 사랑해요. 프랑스 사람들은
외국인이 영어로 물어 오면 대답을 잘 해 주지 않는
대요. 프랑스어로 물어야 친절히 대답해 준다고 하니,
참으로 국어 사랑을 실천하는 국민이지요.

프랑스에서는 부모님들이 자녀들에게 매우 엄격하게 대한답
니다.

"에이, 엄마 사 줘잉, 사 줘!"
하는 식의 고집은 통하지가 않는대요. 말을 듣지 않는 자녀의
엉덩이를 가볍게 때리는 정도는 흔히 있는 일이랍니다.

프랑스에서의 부모의 역할은 우리 나라와 아주 비슷해요. 어
머니의 이미지는 부드럽고 자녀들과 시간을 많이 보내 주고요,
아버지는 가정을 이끌어 가는 중심 인물로 엄격한 아버지상을
보여 준답니다.

　　프랑스 국민은 다양한 민족으로 구성되어 있어서 생각하는 방식 또한 다양하지요. 그러면서도 검소한 절약 정신과 쉽게 열광하는 모험 정신, 놀이를 좋아하고 즐기는 예술 정신이 서로 조화를 이루고 있어요.

　　프랑스의 가정을 방문해 보면, 거의 모든 집들이 아담하고 예쁜 정원을 갖고 있어요. 정원을 가꿈으로써 마음을 가꾼다고 생각한대요. 정원에 난 잡초를 뽑으면서 마음 속에 난 잡초도 함께 정리하고요.

　　우리 어린이들도 프랑스 사람들이 정원을 가꾸듯, 마음을 정성껏 가꾸어 아름다운 마음을 가지면 좋겠어요.

엮은이 최진숙

프랑스 (France)

프랑스는 육각형에 가까운 모양으로 이탈리아, 스위스, 독일, 벨기에 등 여러 나라들과 접해 있어 각 지방마다 특색 있는 다양한 문화를 꽃 피웠다. 또한 예술의 나라, 멋과 낭만의 나라답게 패션과 요리 부문에서 세계적인 수준을 자랑하고 있다.

지중해와 대서양 사이에 낀 지리적 특성에 힘입어 유럽 역사의 긴 흐름 속에서 오랫동안 중요한 영향력을 발휘해 왔으며, 한때는 5개 대륙에 방대한 해외 식민지를 보유하기도 했다. 지금은 독일과 함께 유럽 연합을 이끌고 있다.

FRANCE

🌀 정식 명칭 : 프랑스 공화국

🌀 위치 : 서부 유럽

🌀 면적 : 54만 3965㎢

🌀 인구 : 약 6,000만 명(2001년)

🌀 인구밀도 : 108.6명/㎢(2001년)

🌀 수도 : 파리

🌀 정체 :공화제

🌀 공용어 : 프랑스어

🌀 통화 : 유로(EURO)

🌀 나라꽃 : 백합

차 례

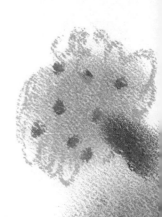

손바닥 백과

브리앙의 어리벙벙한 소원

"소원아, 이루어져라! 이루어져라, 이루어져라, 소원아, 이루어져라!"

브리앙은 아침에 침대에서 눈을 뜰 때나, 밤에 침대에 들어갈 때면 반드시 이런 주문을 외웁니다. 아주 간절한 마음으로 엉덩이를 높이 든 채 침대에 엎드려서 웅얼웅얼 주문을 외웁니다. 그리고 기도도 드립니다.

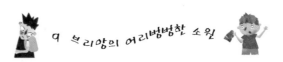

브리앙에게 어떤 소원이 있느냐고요?

뭐, 별로 어려운 소원은 아닙니다. 파리를 뉴욕에 옮겨다 놓는 것도 아니고, 다이아몬드 광산을 달라는 것도 아닙니다.

'아무렴! 내 소원은 정말 소박하기 짝이 없단 말이야.'

브리앙의 소원은 같은 반 친구인 클로드처럼 얼굴에 콩콩콩 주근깨가 나는 것입니다. 클로드는 얼굴과 목, 그리고 귀에까지 주근깨가 적어도 1백만 개나 나 있습니다. 브리앙에게는 그것이 너무나 부럽고도 편리하게 생각되었습니다.

'만약 내게도 클로드처럼 주근깨가 사방에 있다면, 며칠 동안 세수를 하지 않아도 되잖아? 얼굴에 묻은 때가 어머니의 눈에 잘 띄지 않을 테니까 말이야……'

소박 : 꾸밈이나 거짓이 없이 수수함.

그러면 엄마에게 아침마다 이런 말을 듣지 않아
도 되지 않겠어요?

"아유, 내가 정말 너 때문에 못 살아! 너 또 고
양이 세수 했지? 물이 목 근처에도 안 갔잖아?
아주 때가 눌어붙었단 말이야!"

"아녜요, 잘 씻었단 말예요."

"입에 침이나 바르고 거짓말을 하라니까! 엉?"

쾅!

벌써 머리에 꿀밤 한 대가 떨어졌습니다.

"학교에 지각한단 말예요! 그럼 또 벌을 서고
요!"

"안 돼! 다시 세수하고 가. 까마귀가 너를 보면
형님 하자고 하겠다, 원!"

오늘도 브리앙은 다시 세수를 하느라고 또 지각

할 게 뻔합니다. 얼굴에 주근깨만 수북하
다면 브리앙은 다시 세수하느라 학교에
지각하는 일이 없을 텐데요.

'하느님께서는 왜 클로드에게만 그렇게 주근깨를
많이 주시고, 제게는 주시지 않는 거예요? 너무
불공평하다고 생각하지 않으세요? 제 말이 틀렸
나요, 하느님?'

아무튼 브리앙은 자기가 단골 지각생이 된 이유를 주근깨 탓으로 돌립니다.

반에서 브리앙의 자리는 클로드의 뒤입니다.

"하나, 둘, 셋, 넷, 다섯… 예순둘, 예순셋……."

브리앙은 클로드의 주근깨를 오래오래 세기 좋아합니다.

그러던 어느 날, 브리앙이 주근깨를 여든여섯 개까지 세었을 때 선생님이 큰 소리로 부르는 소리가 들렸습니다.

"네? 선생님, 부르셨어요?"

"브리앙! 도대체 듣고 있는 거냐, 졸고 있는 거냐?"

"네, 듣고 있는데요!"

"그럼 왜 책을 읽지 않는 거니?"

깜짝 놀란 브리앙은 자리에서 벌떡 일어났습니다.

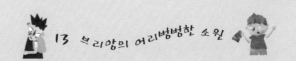

그러나 어디를 읽어야 할지 앞이 캄캄했습니다. 일단 책을 눈앞으로 바싹 당겨 들었습니다. 그런데 읽으려고 보니, 하필 그 쪽에는 모두 그림만 있고 글씨는 없는 게 아닙니까!

"어! 어!"

당황한 브리앙의 얼굴이 빨개졌습니다.

"우하하하, 브리앙 좀 봐라!"

갑자기 친구들이 와 하고 웃음을 터뜨렸습니다. 그 중에서도 공부 잘하고 왈가닥인 마르그리트가 특히 많이 웃었습니다.

"우헤헤헤, 저런 바보!"

브리앙은 그런 마르그리트가 너무나 얄미워서 눈을 무섭게 흘겨 주었습니다. 아무리 눈을 흘겨도 마르그리트는 끄떡도 하지 않습니다.

"쯧쯧, 35쪽부터 읽어라."

보다못한 선생님이 가르쳐 주셨습니다. 그러나 한번 당황한 브리앙의 눈에는 숫자가 제대로 보이지 않았습니다. 브리앙은 정신 없이 책장을 앞으로 뒤로 넘겨 가며 35쪽을 찾기 시작했습니다.

'어, 이 괘씸한 35쪽은 어디로 도망친 거야?'

한참을 헤매다가 브리앙은 겨우 35쪽을 찾아 냈습니다. 절로 한숨이 나왔습니다.

'후유, 모든 것이 다 주근깨 때문이야.'

겨우 수업을 마치자, 선생님이 학생들에게 말했습니다.

"자, 모두 차례로 줄을 서라. 브리앙! 너는 맨 앞줄의 마르그리트 옆에 서라."

브리앙의 얼굴이 그 순간 노래졌습니다.

'에구구! 이렇게 운도 없을 수가! 앞에 한번 서 보는 대신, 말괄량이 마르그리트 옆에 있어야 하

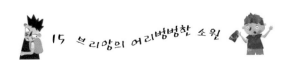

다니!'

브리앙은 마르그리트를 보지 않으려고 고개를 길게 쭉 빼서 딴 데를 보면서 걸었습니다. 교문까지 줄지어 걸어 나오는데, 마르그리트가 작은 목소리로 브리앙에게 말했습니다.

"얘, 브리앙! 내가 도와 줄까? 나는 주근깨가 생기게 하는 방법을 잘 알고 있거든."

마르그리트의 눈이 반짝반짝 빛났습니다. 마르그리트는 늘 장난을 칠 때면 이렇게 두 눈이 반짝거립니다. 자칫하면 큰 골탕을 먹을 수도 있습니다.

"상관 마!"

"어머, 왜 그래? 도와 주고 싶다니까! 주근깨에 관해서는 아무도 나처럼 잘 알지 못할걸? 나는 비법을 알고 있단 말이야."

그 말에 브리앙의 귀가 쫑긋 섰습니다.

비법 : 비밀한 방법.

"너, 그냥 해 보는 소리 아니지? 응?"

"그럼. 우리 집안의 비법이라고. 그 물약 만드는 법을 알고 싶으면, 좋아, 내가 인심 썼다. 5프랑만 내."

브리앙은 고개를 한 번 갸웃하더니 마르그리트에게 말했습니다.

"그게 사실이라면, 왜 네 얼굴은 깨끗해? 왜 주근깨가 없지?"

"너무 작아서 잘 안 보일 뿐이야. 자세히 봐, 얼마나 많은데……. 코 위에도 있고, 광대뼈 옆에도 있어. 물약을 많이 마시면 금세 얼굴 가득 생기는걸."

마침내 브리앙은 마르그리트에게 그 처방전을 샀습니다. 그리고 뛰어서 집으로 돌아왔습니다.

어머니는 집에 안 계셨습니다. 보통 브리앙보다

처방전 : 병의 증상에 맞게 약을 짓는 방법을 적은 종이.

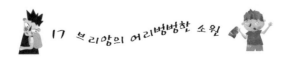

한 시간 늦게 돌아오시기 때문입니다.

'잘 됐다. 엄마가 안 계실 때 얼른 만들어야지! 한 시간이면 약을 만들기에 충분할 거야.'

브리앙은 신발 속에서 처방전을 꺼내 천천히 읽었습니다. 처방을 읽으면서 브리앙은 약간 실망했습니다. 주근깨를 생기게 하는 엄청난 비법에 필요한 재료가 그다지 신비스럽지 않았기 때문입니다. 매일 집에서 보는 것들이 전부였습니다.

'모든 재료를 한 자리에 모은 다음, 섞어서 먹으라고?'

브리앙은 부지런히 종이에 씌어진 재료들을 찾아 모으기 시작했습니다.

오렌지 주스, 포도 주스, 사과 주스, 식초, 요구르트, 참기름, 물에 갠 겨자 소스, 올리브 기름….

브리앙은 재빨리 재료들을 다 모은 다음에 유리

컵에 넣고 재료를 섞기 시작했습니다. 팔이 아프도록 저었습니다. 시원하게 먹고 싶어 얼음 조각도 넣었습니다.

'식초를 이렇게 많이 넣었는데 과연 먹을 수 있을까? 레몬 즙도 짜서 넣었고, 올리브 기름도 듬뿍 넣고……'

어쨌든 다른 것은 다 넣으라는 대로 넣었는데, 양파와 마늘이 문제였습니다. 칼로 잘게 써는데도 너무 매워서 두 눈에서 눈물이 마구 쏟아졌습니다. 이것을 먹을 생각을 하자 눈앞이 캄캄해졌습니다.

'윽, 매워! 인제 마지막으로 설탕을 넣으면 돼.'

울어서 눈이 퉁퉁 붓고, 고생고생한 끝에 마침내 물약이 완성되었습니다. 물약에서는 차마 입에 대고 싶지도 않으리만큼 시큼하고도 역겨운 냄새가 났습니다.

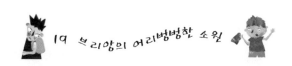

"브리앙, 넌 마실 수 있다! 그 말괄량이는 내가 이것을 못 마실 거라고 생각하겠지? 내가 그 말괄량이의 코를 납작하게 해 주고 말 테다!"

오른손으로 코를 단단히 틀어쥔 다음, 브리앙은 그 고약한 물약을 단숨에 들이켰습니다.

물컵을 다 비우자마자 브리앙은 창자가 꼬이는 듯한 심한 고통을 느끼며 배를 감싸쥐고 마룻바닥을 굴렀습니다.

"브리앙! 이게 웬일이냐?"

마침 집 안으로 들어서시던 어머니가 브리앙을 보고 깜짝 놀라 뛰어왔습니다.

브리앙이 하는 말을 들은 어머니는 마침 집에 있던 약을 브리앙에게 먹였습니다.

"이런 바보 같으니라고! 하마터면 큰일날 뻔했잖아?"

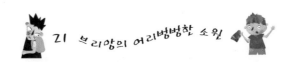
브리앙의 어리벙벙한 소원

어머니는 브리앙이 그런 바보 같은 짓을 한 것에 대해 크게 화를 내셨습니다.

그렇게 고생해서 만든 물약 처방은 아무 효과도 없었습니다. 결국 브리앙은 다시 검정 사인펜으로 얼굴에 주근깨를 그려 넣는 수고를 해야 했습니다.

브리앙이 학교에 가자, 교실에서는 친구들이 웃느라고 정신이 없었습니다.

"안됐구나, 브리앙! 그런 처방도 소용이 없었으니 말이야."

"놀리지 마!"

선생님께서 책상 서랍에서 상자 하나를 꺼내 주시며 브리앙에게 말씀하셨습니다.

"자, 선생님이 알려 주마. 체육관 남자 탈의실에 가서 이 상자를 열어 보렴. 다른 아이들에게 말하면 안 돼. 꼭 비밀을 지켜라!"

"네, 선생님!"

브리앙의 입이 다시 함박만하게 벌어졌습니다. 브리앙은 탈의실까지 단숨에 뛰어가고 싶었지만 복도에서는 뛰면 안 되므로 경보 선수처럼 걸어갔습니다. 체육관에 도착하자마자 상자를 열었습니다. 그 안에 쪽지가 들어 있었습니다.

브리앙은 두근거리는 마음으로 그 쪽지를 읽었습니다.

주근깨 비밀 처방!
마르그리트의 처방보다 더 효과가 있을 것임.
먼저 세면대의 수도꼭지를 약하게 틀 것.
스펀지에 물을 적셔서 얼굴을 닦을 것.
벅벅 문지른 후에 헹굴 것.
얼굴이 깨끗해질 때까지 여러 번 반복할 것.

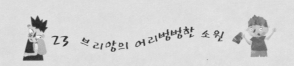

　　브리앙은 선생님의 처방대로 따라 했습니다. 스
펀지에서는 향긋한 레몬 냄새가 났습니다. 그러나
사인펜으로 그려 넣은 주근깨가 워낙 많아서 몇 번
이나 처방대로 되풀이해서 씻어야 했습니다.

　　교실로 돌아오자 선생님께서 빙그레 웃으시며 말
씀하셨습니다.

　　"와, 멋있는걸! 선생님은 주근깨가 없는 네가 훨
씬 더 좋구나."

　　브리앙의 입이 좋아서 절로 벌어졌습니다.

　　"정말이세요, 선생님?"

　　"그럼! 정말이고말고."

　　선생님은 브리앙의 머리를 쓰다듬어 주셨습니다.

　　그 때 클로드가 번쩍 손을 들며 소리쳤습니다.

　　"선생님!"

　　"오, 클로드. 무슨 일이니?"

"브리앙에게 알려 주신 그 처방을 저한테도 좀 알려 주세요. 저는 주근깨가 너무 싫어요. 주근깨를 다 없애고 싶어요!"

브리앙은 자기의 귀를 의심하지 않을 수 없었습니다.

'어? 클로드가 왜 저러지? 어떻게 주근깨를 싫어할 수가 있지? 주근깨가 얼마나 근사하고 편리한데……!'

선생님은 클로드에게 말씀하셨습니다.

"클로드, 브리앙에게는 주근깨가 전혀 어울리지 않지만 네겐 주근깨가 썩 잘 어울린단다. 그러니 굳이 없앨 필요가 없다고 생각되는데……. 이 처방은 한쪽 구석에다 두겠다. 그러나 이것을 다시 사용하지 않기를 바란다."

공부가 끝나 아이들은 집에 가기 위해 차례대로

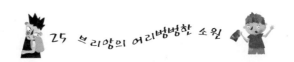

줄을 섰습니다. 그 때 마르그리트가 자그마하게 속삭이는 소리가 브리앙에게 들렸습니다.

"걱정 마, 클로드! 내가 단번에 주근깨를 없앨 수 있는 방법을 알고 있어."

"정말이니?"

클로드가 속삭이듯 물었습니다.

"그럼! 우리 집안만의 비법이야. 그래서 우리 집에는 주근깨가 있는 사람이 없단다. 5프랑만 내면 가르쳐 줄게."

그 때 마르그리트와 브리앙의 눈길이 마주쳤습니다. 마르그리트가 브리앙에게 무섭게 눈을 흘겼습니다.

"흥!"

그러나 이번만은 브리앙도 지지 않고 마주 흘겨보았습니다. 마르그리트는 고약한 마귀 할멈의 수제자가 분명하다고 생각되었기 때문이었답니다.

수제자 : 여러 제자 중에서 배움이
가장 뛰어난 제자.

손바닥 백과

🍎 파리를 상징하는 에펠 탑

프랑스의 수도 파리 하면 우선 먼저 에펠 탑이 떠오르지요. 에펠 탑은 1889년 파리에서 열린 만국 박람회를 기념하기 위해 센 강 강가에 세운 철탑이에요. 에펠이라는 교량 기술자가 설계한 이 철탑은 높이 300m(현재 320m), 사용된 철의 무게가 약 7,300톤으로 공사 기간은 17개월이 걸렸대요. 처음에는 아름다운 파리의 모습을 해친다는 비난도 많았으나 점점 파리 사람들의 사랑을 받게 되었고, 지금은 텔레비전 송신탑으로도 쓰여요.

뽀르르, 의자 밑으로

'할머니가 이번에는 어떤 간식을 준비해 놓으셨을까? 버터를 발라 구운 쿠키는 정말 맛있는데……. 헤헤, 아마도 세상에서 제일 맛있는 쿠키일걸?'

루이는 할머니 댁에 심부름을 가는 길입니다. 언제나 어른들과 함께 갔고, 이렇게 혼자서 기차를 타고 가는 것은 이번이 처음이었습니다.

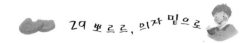

루이의 앞좌석에는 어떤 아저씨가 조용히 신문을 읽고 있었습니다.

'안녕하세요? 함께 앉아 가게 되어서 반갑습니다!' 하고 인사를 하고 싶었지만, 루이는 선뜻 그럴 수가 없었습니다.

앞좌석의 아저씨가, 마치 몹시 기분이 언짢은 듯이 신문 뒤에 꼭 숨어 신문만 읽고 있었기 때문입니다. 바보가 아닌 한, 앉아 있는 자세만 보더라도 그 사람의 기분쯤은 짐작할 수 있지 않겠어요? 더구나 루이는 여간 영리한 어린이가 아니었으니까요. 혼자서 기차를 타고 할머니 댁에 심부름을 가는 것만 보아도 알 수 있는 일입니다.

'에이, 기분이 몹시 언짢으신 모양이로구나. 할 수 없지, 뭐. 혼자서 먹는 수밖에……'

루이는 가방에서 초콜릿을 꺼냈습니다. 작게 한

조각을 떼어 입에 넣자,
스르르 녹는 것이 혀에
느껴졌습니다. 초콜릿이
얼마나 맛있는지 루이의
기분은 다시 좋아졌습니다.

'혹시 정신 없이 신문을 보고 계신 저 아저씨도 초콜릿이 먹고 싶지 않을까? 어른들은 뭘 먹고 싶다고 먼저 말하는 법이 없단 말이야. 초콜릿 한 조각을 먹고 나면 나처럼 기분이 좋아지지 않을까?'

그런 생각이 들자, 루이는 신문 쪽을 향해 초콜릿을 내밀며 공손하게 말을 건넸습니다.

"아저씨, 이 초콜릿 좀 드시지 않을래요? 맛이 아주 좋아요."

그 아저씨는 손만 저어 먹지 않겠다는 표시를 해

왔습니다. 아주 무뚝뚝한 아저씨인 것 같습니다.

'둘이 먹다가 하나 죽어도 모를 만큼 맛있는 초콜릿을 안 잡수시겠다니! 참 이상하기도 하네!'

루이가 다시 초콜릿을 한 입 깨물려고 할 때였습니다.

"뚜뚜 뛰- 뚜-!"

그 때 갑자기 긴 기적 소리가 울리더니 기차 안이 깜깜해졌습니다. 그리고 기차가 게으름뱅이처럼 천천히 달리기 시작했습니다.

천천히 달리던 기차가 어느 곳에서 갑자기 멈추었습니다. 깜깜한 터널 안에는 한 줄기 빛도 없습니다. 긴장한 루이는 꼼짝도 하지 않고 앞만 보고 앉아 있었습니다.

아무것도 보이지 않고 아무 소리도 들리지 않으니 정말 무서웠습니다. 앞에 앉은 아저씨가 신문을

바스락거리는 소리도 들리지 않습니다. 쥐죽은 듯이 고요합니다.

그런데… 루이의 머릿속으로 뭔가가 느껴집니다.

신문 뒤의 남자가 소리없이 일어나는 게 아닙니까! 그러더니 점점 가까이 다가옵니다.

'엄마야!'

기겁을 한 루이는 팔짝 뛰어서 의자 밑으로 기어 들어갔습니다. 숨도 쉬지 않고 꼼짝도 안 합니다.

뚜벅뚜벅, 발자국 소리가 가까워지더니… 다시 멀어지다가… 다시 가까워지다가… 또다시 멀어지다가…. 이게 대체 웬일입니까!

'에구구, 엄마! 나 좀 살려 주세요.'

초콜릿 한 조각을 꼭 쥐고 루이는 속으로 외쳤습니다.

신문 뒤의 아저씨, 그 무뚝뚝한 아저씨는 분명히

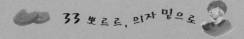

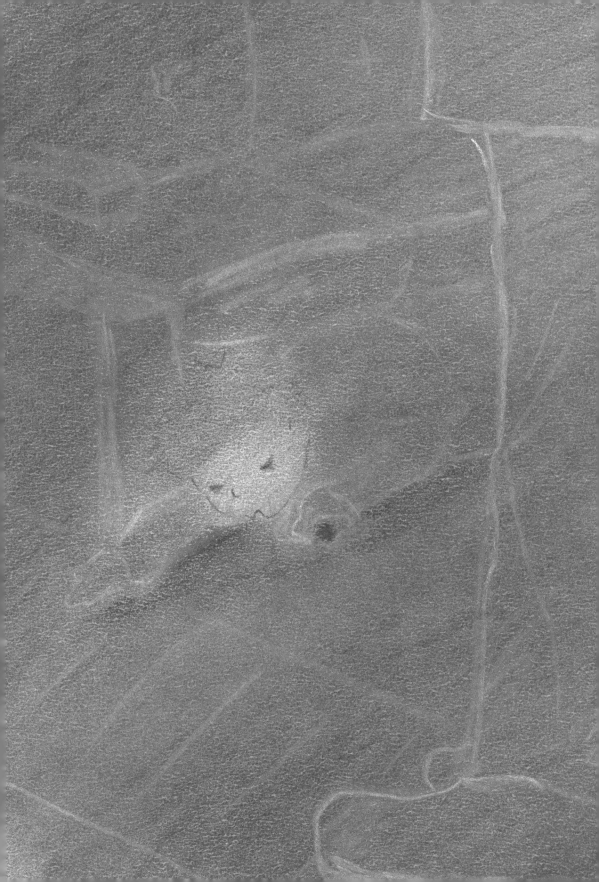

루이를 가만 두지 않을 것입니다. 깜깜한 어둠 속에서 헛기침을 하며 아저씨는 루이 앞에서 왔다갔다합니다.

'아, 이제 죽었구나! 이제 다시는 엄마의 다정한 얼굴도 못 보겠지?'

칠흑 같은 어둠 속에서 그 아저씨는 헛기침을 하면서 점점 더 가까이 다가옵니다.

"얘야, 너 거기서 무얼 하고 있니?"

루이는 눈을 꼭 감은 채 숨을 죽이고 움직이지도 않습니다. 이럴 때는 마치 없는 것처럼 움직이지도 않고 몸을 될 수 있는 대로 작게 웅크리고 있는 것이 좋습니다.

"왜 의자 밑으로 기어들어간 거야?"

갑자기 기적 소리가 다시 울렸습니다.

"뚜뚜— 뛰—!"

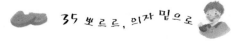

그러더니 기차가 힘차게 움직이기 시작했습니다.

'아, 기차가 간다!'

루이가 번쩍 눈을 떴습니다.

그 때 의자 밑으로 커다란 손이 내려오더니 루이의 어깨를 잡아 끌어당깁니다.

"인제 나와도 괜찮아. 터널은 지나갔단다."

여전히 무뚝뚝한 목소리였습니다. 루이는 창피한 생각이 들어서 뽀르르 기어 나왔습니다.

"사실 저는 터널은 전혀 무섭지 않았어요. 제가 의자 밑으로 기어들어간 것은요……."

루이는 눈에 가득 괸 눈물을 손으로 훔치며 말했습니다. 그런데 아저씨가 루이의 손을 잡으면서 말했습니다.

"너는 아주 용감한 애로구나! 나는 아주 무서웠단다. 터널 안이 너무 깜깜한데다가 기차 안에

불도 꺼져서 말이다."

그는 빙그레 웃으며 이렇게 말하더니, 점잖은 목소리로 루이에게 물었습니다.

"아까 먹던 초콜릿 아직 남았니?"

루이가 활짝 웃으며 고개를 끄덕였습니다.

"우리, 이 안에 토끼가 몇 마리 있는지 세어 볼까?"

아저씨가 입 안에 초콜릿을 가득 물고 말합니다.

"아마 두 마리 같구나."

그러더니 아저씨는 집게손가락으로 루이와 자기를 가리켰습니다.

"이 안에 무슨 토끼가 있어요? 한 마리도 없는데요."

루이의 말에 아저씨가 소리를 내어 웃으면서 대답했습니다.

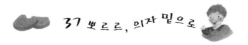

"하하하, 아까 터널을 지날 때를 생각해 봐라.
우리 둘 다 너무 겁이 나서 마치 토끼처럼 재빨
리 의자 밑으로 숨어 버렸잖아!"

아저씨의 말에 루이도 커다랗게 웃음을 터뜨렸습
니다. 입을 크게 벌리고 웃는 아저씨의 모습은 친
근한 동네 슈퍼마켓 아저씨 같았습니다.

'에고고…, 이렇게 친절한 아저씨를 나쁜 사람이라고 생각하다니! 정말 미안하게 됐네요.'

두 마리의 겁먹은 토끼라는 아저씨의 이야기를 듣고 신나게 웃는 바람에 루이는 초콜릿을 잘못 삼켰습니다.

"에쿠, 목에 걸렸다! 켁켁……."

"등을 이리 돌려 봐라. 내가 두들겨 주마."

큰 토끼인 아저씨는 작은 토끼인 루이의 등을 연거푸 두들겨 주면서도, 웃음을 참지 못하고 너털웃음을 터뜨렸답니다.

나는 나야!

마을에서 멀리 떨어진 외딴 곳에 작은 방앗간을
하는 베랭 할아버지가 살고 있었습니다.

"여, 안녕들 하시오? 오늘은 날씨가 참 좋군요!"

가난했지만 베랭 할아버지는 늘 얼굴에서 웃음이
떠나지 않았습니다. 그 이유는 눈에 넣어도 아프지
않으리만큼 사랑하는 손녀 미셸이 곁에 있었고, 또

재주를 잘 부리는 당나귀 바쟁이 있었기 때문이었습니다.

방앗간은 작았지만 일감은 떨어지지 않았습니다. 베랭 할아버지가 아주 성실하게 일을 했기 때문에 농부들은 먼 길을 마다하지 않고 할아버지네 방앗간을 찾아오곤 했습니다. 농부들은 큰 자루에 담아 온 밀을 빻아서 아주 희고 고운 밀가루로 만들어 가지고 돌아갑니다. 농부들은 할아버지에게 빻은 밀이나 달걀, 또는 버터로 삯을 치렀습니다.

베랭 할아버지는 돈이 조금만 생겨도 읍내로 나갑니다. 머릿속에는 온통 손녀 생각뿐이었습니다.

'우리 미셸에게 줄 털양말과 모자를 사야지. 구멍난 양말을 하도 기워서 너무 작아져 버렸어. 허허, 그리고도 돈이 조금 남으면 포도주나 몇 병 살까?'

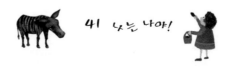 41 나는 나야!

당나귀 바쟁을 위해서는 아무것도 필요가 없습니다. 언제나 할아버지가 마른풀을 잘 손질해 놓기 때문입니다. 긴 겨울 내내 먹어도 남으리만큼 할아버지는 바쟁을 위해 미리미리 준비를 해 놓곤 했습니다.

이렇게 외딴 마을의 세 식구는 오손도손 살아갔습니다.

어둠이 내리면 베랭 할아버지는 손수 식탁을 차렸습니다. 밀가루를 반죽해 부드러운 빵도 만들고 잼도 만들었습니다.

"할아버지, 제가 할게요."

미셸이 할아버지를 말려도 듣지 않습니다.

"너는 그 동안 공부나 하렴."

저녁을 먹고 나면 할아버지는 만돌린을 들고 방앗간 앞의 긴 나무 의자에 앉아서 연주를 시작했습

니다.

만돌린의 선율이 천천히 퍼져 나가면, 숲 속의 동물들도 할아버지의 연주를 듣기 위해 다가옵니다. 큰 나무 뒤에나 덤불 뒤에 조심스럽게 숨어 있어도, 베랭 할아버지나 미셸은 동물들이 거기에 와 있다는 것을 다 안답니다.

숲 속의 동물들은 베랭 할아버지를 아주 좋아했습니다. 왜냐 하면 베랭 할아버지는 동물들이 겨울에 먹을 것이 모자랄 것에 대비하여 여름이 지나면 곧바로 마른풀을 많이 준비해 두기 때문입니다.

"내가 잘 갈무리해 두었다가 겨울이 되면 나눠 주마. 그러면 올해도 사슴과 노루 등 동물들이 무사히 겨울을 날 수 있을 게다."

할아버지는 첫눈이 내리면 마른풀을 잔뜩 바쟁의 등 위에 싣고 숲 속으로 나르곤 했습니다. 해마다

그렇게 해 왔습니다.

　그런데 지난 여름에는 큰 가뭄이 들었습니다. 땅이 쩍쩍 갈라져서 곡식들이 다 말라 죽고 말았습니다. 곳곳에서 먹을 것이 부족했습니다.

　베랭 할아버지도 마른풀을 조금밖에 마련하지 못했습니다. 집 안을 따뜻하게 데워 줄 장작도 마련하지 못했습니다. 나무를 자르기에는 할아버지가 너무 힘이 없었기 때문입니다. 방앗간 일이 없자 밀을 쌓아 두는 창고도 텅 비게 되었고, 할아버지네 살림 형편은 더욱더 어려워졌습니다.

　'후유, 겨울을 어떻게 날꼬?'

　베랭 할아버지의 얼굴에는 근심이 가득했습니다.

　게다가 이번 겨울은 다른 때보다 훨씬 더 추웠습니다. 추운 방에서 생활하던 할아버지는 그만 병이 나고 말았습니다.

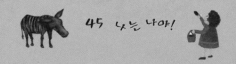

45 나는 나야!

"할아버지, 많이 아프세요?"

걱정이 된 미셸이 할아버지의 침대 옆을 떠나지 못하며 간호를 했습니다.

"괜찮아. 조금만 더 누워 있으면 열이 내릴 게다."

"제가 나가서 장작불을 좀더 피울게요. 그럼 훨씬 따뜻해질 거예요."

미셸은 장작을 가지러 창고로 가 보았습니다. 그러나 장작은 겨우 서너 개뿐이었습니다.

'이거 큰일났네! 이 장작으로는 내일이면 떨어지겠는데? 할아버지가 열이 저렇게 심하신데, 불도 못 피운다면 정말 나빠지실 거야. 내가 이렇게 집에만 있을 수는 없겠어.'

미셸은 밤새 곰곰 생각해 보았습니다.

'나는 아직 어려서 일도 잘 못 해. 어떻게 해야

돈을 벌 수 있을까?'

그 때 미셸의 머릿속에 좋은 생각 하나가 떠올랐습니다.

'그래! 그러면 되겠다!'

미셸은 즉시 부엌으로 달려갔습니다. 벽난로에 붙은 시커먼 그을음을 긁어 내어 해바라기 기름에 잘 섞었습니다.

'음, 붓이 있어야 하는데……'

미셸은 바쟁의 꼬리털을 조금 잘라 내어 붓을 만들었습니다. 그 붓으로 바쟁의 등과 다리에 꼼꼼히 긴 줄무늬를

 47 나는 나야!

그려 넣기 시작했습니다.

"야! 우리 바쟁 정말 멋지다!"

바쟁은 원래의 회색 대신에 얼룩말로 변했습니다. 미셸이 어찌나 잘 칠했던지, 바쟁 자신도 물에 비친 자기의 모습을 보고 정말 얼룩말 같다고 생각할 정도였습니다.

'할아버지가 주무실 때 살그머니 마을에 다녀와야지.'

미셸은 서둘러 외투를 입고 바쟁을 끌고 마을로 향했습니다.

마을의 시장에 도착하자 미셸은 곧장 바쟁을 시장 안 공터에 매어 둔 다음, 벽에 안내장을 붙였습니다.

'가엾은 서커스단의 동물들을 도와 주세요!'

장을 보러 나왔던 사람들은 이 괴상한 동물 앞을

지나가면서 힐끔힐끔 쳐다보았습니다. 바쟁은 정말 서커스단의 동물같이 보였습니다.

"쯧쯧, 가엾구나!"

몇몇 사람은 미셸의 모자에 동전을 넣어 주기도 하였습니다. 어른들은 아무도 바쟁이 가짜 얼룩말 이라는 것을 눈치채지 못했습니다.

그런데 한 무리의 초등 학교 어린이들이 시장 안 으로 몰려왔습니다. 선생님께서 장터에 서커스단에 있던 얼룩말이 와 있다는 말을 들으시고, 자기 반 아이들에게 얼룩말을 보여 주기 위해 직접 시장 안 의 공터로 데려온 것입니다.

항상 반에서 1등만 하는 샬은 얼룩말을 보자마 자 이상한 점을 발견했습니다. 그러자 여기저기에 서 소란이 시작되었습니다.

"에계계! 저건 가짜다!"

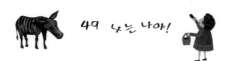

"이 멍청한 바보 얼룩말아!"

아이들은 얼룩말에게 조롱을 퍼부었습니다.

미셸은 눈물을 흘리면서 집안의 어려운 사정을 선생님께 털어놓았습니다. 그러자 선생님이 아이들을 향해서 소리쳤습니다.

"얘들아, 잠깐만!"

선생님의 말씀에 소란스럽던 아이들이 모두 입을 다물었습니다.

"우리 미셸이 큰 어려움에 처했구나. 어려움에 처한 친구를 비웃으면 되겠니? 우리 모두 힘을 합해서 미셸을 도와 주도록 하자꾸나."

선생님의 말씀을 들은 아이들이 하나둘 고개를 끄덕였습니다.

선생님과 아이들은 즉시 미셸과 바쟁을 데리고 미셸의 집으로 향했습니다. 가는 길에 할아버지를

위해 약과 따뜻한 음식도 샀습니다. 숲 속의 동물들을 위해 마른풀을 사는 것도 잊지 않았습니다.

방앗간에 도착하자, 친구들은 집 안을 정리하고 깨끗이 치웠습니다.

"할아버지, 빨리 나으세요."

선생님의 말씀에 할아버지가 빙그레 웃으며 고개를 끄덕이셨습니다.

"오, 정말 고맙구먼요."

보통 때는 늘 으스대기만 하던 샬이 미셸에게 다가와서 말했습니다.

"파이팅! 미셸, 힘내라! 이제부터 너는 혼자가 아니야! 네겐 할아버지뿐만 아니라 스물다섯 명의 후원자도 있는 거야!"

"고맙다."

미셸의 눈에서 방울방울 눈물이 떨어졌습니다.

후원자 : 뒤에서 도와 주는 사람.

51 나는 나야!

선생님은 색깔이 지워져 이상해진 바쟁의 몸을 깨끗이 씻어 주셨습니다.

"히-힝!"

줄무늬를 지워 홀가분해진 바쟁이 좋아서인지 아이들의 몸에 머리를 비벼 댔습니다.

'나는 원래의 내 모습 그대로 살고 싶단 말이야, 미셸! 왜냐고? 나는 나니까!'

회색 당나귀 바쟁은 태어난 그 모습 그대로 살고 싶었기 때문이지요. 다만 사랑하는 미셸이 하는 일이라서 꾹꾹 참고 있었을 뿐이었답니다.

어항 속에서 사는 고래

강가에 살고 있는 앙리는 어부의 아들입니다.

'노를 저어서 저 먼바다에까지 나가 볼까? 그럼 아주 신나겠지?'

하루는 바닷가에 누워 있던 앙리가 문득 이런 생각을 하다가 피곤에 지쳐 잠깐 잠이 들었습니다.

그런데 잠깐 눈을 붙였던 앙리가 눈을 뜬 순간, 눈앞에 섬이 보이는 것이 아닙니까?

먼바다 : 육지에서 20~40킬로미터 떨어진 바다.

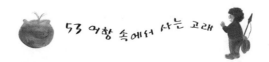

'응? 웬 섬이야? 아니, 그런데 섬이 점점 다가오네?'

섬인 줄 알았던 그것은 섬이 아니라 어마어마하게 큰 고래였습니다.

"반갑구나, 안녕?"

앙리가 모자를 벗고 고래에게 인사를 했습니다.

"내 이름은 앙리야. 내가 가진 작살을 무서워하지 마! 나는 어머니 아버지와 함께 마을에서 살고 있단다."

앙리의 말에 고래는 빙그레 웃더니 자기 소개를 하였습니다.

"내 이름은 스카롱이야. 앙리야, 만나서 정말 반갑다."

말을 마친 고래 스카롱은 반가움의 표시로 날카로운 꼬리지느러미를 몇 번 흔들어 주었습니다.

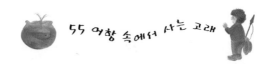

"앙리야, 나는 친구도 없이 혼자 지낸 지가 너무
나 오래 되었단다. 그래서 늘 쓸쓸하고 외로웠
어. 인제 함께 재미있게 놀자꾸나!"

"그래, 내가 친구가 되어 줄게."

앙리와 스카롱은 다정하게 이런저런 이야기를 주
고받았습니다. 앙리는 집에 계신 어머니 아버지와
땅 위에서 일어나는 여러 가지 이야기를 들려 주었
습니다.

스카롱은 물 위와 물 속에서 일어나는 재미있는
이야기들과 고래잡이 어부들에 관해 이야기해 주었
습니다.

하룻밤을 이야기로 꼬박 지샌 다음, 앙리는 집으
로 돌아가기 위해서 일어났습니다. 둘은 서로 주소
를 바꾸어 가졌습니다.

"강기슭, 아름다운 작은 마을, 느티나무 아래의

시냇물가 모퉁이 집, 이게 우리 집 주소야."

앙리가 말하자 스카롱도 자기의 주소를 말해 주
었습니다.

"바다, 이것이 내가 사는 주소야."

"알았어. 내일도 또 놀러 나올게. 너도 나오도록
해."

"그래. 그럼 내일 만나자."

하루, 이틀, 한 달, 두 달…. 이렇게 여섯 달이
지나는 동안 앙리는 늘 빠짐없이 친구를 보러 바닷
가로 나갔습니다.

그런데 하루는 앙리가 약속한 바닷가에 나오지
않았답니다.

'어? 웬일이지? 하루도 거른 날이 없는데…….
음, 앙리에게 무슨 일이 생긴 게 분명해. 사고가
난 것일까? 걱정이 되어 가만히 있을 수가 없구

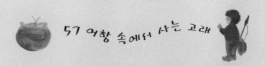

나! 소식을 알 수 있는 길이 없을까?'

마침내 스카롱은 앙리를 만나기 위해 마을로 가기로 결심했습니다. 그러자면 강을 거슬러 헤엄쳐 가야만 했습니다.

'위험하기는 하겠지만 꼭 앙리를 만나고야 말겠어.'

스카롱은 강을 빠져 나가기에는 몸이 너무 컸습니다. 스카롱은 얼마 가지도 못해서 강 양쪽 기슭 사이에 몸이 꼭 끼여 움직일 수 없게 되었습니다.

"큰 고래가 강에 몸이 끼여 꼼짝도 못 하고 있대요!"

이 소문이 삽시간에 퍼지자, 많은 사람들이 모두 나와 강에 갇힌 이상한 고래를 보며 안타까워했습니다.

그렇게 꼼짝도 못 하고 며칠을 굶자, 스카롱의

배가 하루가 다르게 홀쭉해졌습니다.

"와! 저 고래 좀 봐! 몰라 볼 정도로 작아졌는
걸!"

"굶어서 그렇지, 뭐."

"이제는 강 기슭 사이를 빠져 나갈 수 있겠는
걸!"

사람들은 강가로 나와서 나팔과 북을 울리며 강
을 빠져 나가게 된 스카롱을 축하해 주었습니다.

스카롱은 신나게 꼬리를 흔들며 헤엄쳐 갔습니
다. 그런데 갈수록 강폭이 좁아져 갔습니다. 그리
고 스카롱이 먹을 만한 물고기도 없었습니다. 스카
롱의 뱃속에서는 쪼르륵거리는 소리가 쉬지 않고
났습니다.

'배고파 죽겠구나! 앙리의 집은 대체 어디에 있
는 거야?'

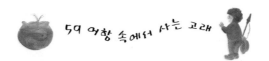

　거의 아무것도 먹지 못한 스카롱의 덩치는 갈수
록 줄어들었습니다.
　'조금만 더 가면 앙리네 집에 닿을 거야. 앙리한
테 가기만 하면, 먹을 것을 줄 거야.'
　스카롱은 이렇게 생각하며 힘을 냈습니다.
　앙리의 집으로 들어가는 시냇물을 타고 얼마 안

가자, 앙리의 모습이 보였습니다.

"앙리야!"

"응? 아니, 스카롱!"

앙리는 스카롱을 보자마자, 너무 기쁜 나머지 다
리에 깁스를 한 것도 잊은 채 팔짝 뛰어 일어났습
니다. 앙리는 그만 사과를 따다가 높은 나뭇가지에

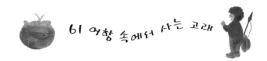
61 어항 속에서 사는 고래

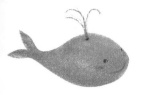

서 떨어져 다리가 부러졌던 것입니다.

"어떻게 여기까지 왔어?"

"네가 하도 안 와서 무슨 사고가 난 줄 알았지 뭐야!"

"큰 사고가 났긴 났지! 자, 잠깐만 기다리고 있어."

앙리는 절룩거리며 집으로 들어가더니 큼직한 어항 하나를 가져왔습니다. 거기다 물을 채우고 고래를 집어 넣은 다음, 집으로 들고 갔습니다.

"어머니, 정말 귀한 손님이 찾아왔어요. 이 어항 속에서 헤엄치고 있는 게 누군지 아세요? 방금 도착한 제 친구 스카롱이에요!"

아들의 말에 어머니는 눈이 휘둥그레지며 말했습니다.

"아니, 앙리 네 친구는 고래라고 했잖아?"

"맞아요! 바다의 왕인 고래예요!"

"그런데 무슨 고래가 어항 속에 들어간단 말이냐? 믿을 수가 없구나. 네 친구는 섬만큼 크다고 생각했었는데……."

앙리가 크게 웃으며 말했습니다.

"네, 예전에는 섬만큼 컸어요. 그런데 크기가 무슨 상관이에요? 둘도 없는 내 친구인걸!"

앙리는 홀쭉이 고래 스카롱이 그저 반갑고 자랑스럽기만 했습니다.

이렇게 해서 홀쭉이 고래 스카롱은 앙리의 집 거

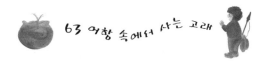

실 한가운데에 있는 커다란 어항 속에서 마음껏 헤엄치며 살게 되었습니다.

언젠가 앙리가 스카롱을 바다로 데려다 준다면 거기서 고래는 다시 쑥쑥 몸이 자라 예전의 섬만한 큰 고래로 돌아갈지도 모르지요. 아마 당연히 그렇게 다시 커질 거예요.

그러나 지금 앙리와 스카롱은 그런 일에는 신경조차 쓸 시간이 없답니다. 그 동안 못 했던 이야기가 산더미처럼 쌓여 있었거든요.

늙은 나무의 노래

"야, 눈이 많이 왔네! 이자벨, 우리 할아버지 댁에 놀러 갈래?"

"좋아, 오빠! 눈길을 달리면 정말 신날 거야."

이자벨과 제롬은 신이 나서 할아버지 댁으로 뛰어갔습니다.

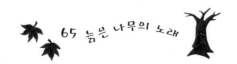

　할아버지 댁의 창문 너머로 보이는 눈 덮인 풍경
은 참 아름다웠습니다.

　"오빠, 저 마당 한가운데 있는 나무는 말라 죽은
거지?"

　"응, 불쌍하게도 그만 죽어 버렸어."

　둘은 말라 죽은 나무가 가엾게 여겨졌습니다.

　그 때 할아버지의 친구인 벵상 할아버지가 놀러
왔습니다.

　"할아버지, 안녕하셨어요?"

　"오, 너희들도 와 있었구나!"

　재미있는 이야기를 많이 알고 있는 벵상 할아버
지는 인기가 아주 좋았습니다.

　모두들 난롯가에 둘러앉았습니다.

　"자네, 우리가 젊었을 때 말이야……."

　"그래, 젊었을 땐 참 좋았지."

할아버지와 벵상 할아버지는 젊은 시절의 이야기를 하기 시작하였습니다. 두 분이 거의 동시에 말했기 때문에 무슨 이야기를 하는지 알아들을 수 없을 정도였습니다.

아이들은 다시 창가로 다가가서 창 밖 풍경에 눈길을 주었습니다. 쪼아먹을 곡식이 아무것도 없는데도 몇 마리의 새가 먹을 것을 찾아 부지런히 움직이고 있었습니다.

그 때 커다란 검은 새 한 마리가 내려와 죽은 나무 위에 앉았습니다.

제롬이 할아버지를 향해 소리쳤습니다.

"할아버지! 죽은 나무 위에 커다란 독수리가 한 마리 날아왔어요. 어서 좀 와 보세요. 정말 독수리가 왔다니까요!"

"독수리는 무슨!"

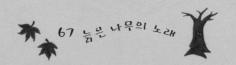

할아버지는 그대로 앉아 계셨고, 벵상 할아버지
가 천천히 다가와 밖을 내다보시더니 말했습니다.

"허허, 독수리가 아니고 까마귀로구먼."

"네? 까마귀요?"

제롬이 실망하여 되물었습니다.

"그래, 그리고 저 나무는 단풍나무인데 죽지 않
았단다."

안락의자에 앉아 계시던 할아버지가 벵상 할아버
지의 말을 듣더니 손을 내저으며 말하였습니다.

"아니야, 벵상. 그 나무는 2년 전에 말라 죽었
어. 빨리 베어 버려야 하는데, 일손이 모자라서
그대로 두고 있는 거지."

그러자 벵상 할아버지가 고개를 가로저으며 단호
하게 말하였습니다.

"죽지 않았다니까! 나무들은 절대로 죽는 법이

없다네."

"말도 안 되는 소리! 저 나무는 이미 두 해나 싹
도 틔우지 못했는걸. 땔감으로밖에는 아무 쓸모
가 없게 되어 버렸다고!"

벵상 할아버지는 우겨대는 할아버지의 얼굴에서 눈길을 돌리고 창 밖 너머를 바라보았습니다.

"다시 한 번 말하지만, 나무들은 결코 죽지 않아. 어떻게 저 늙은 단풍나무가 살아 있다는 걸 보여 줄까? 아, 그래! 단풍나무가 노래를 하는 것을 보여 주겠어."

할아버지는 친구가 하는 말을 결코 믿지 않는 것 같았지만 가만히 계셨습니다. 더 이상 아니라고 말하면 분명히 친구의 기분을 상하게 할 것 같았으니까요.

'정말 단풍나무가 노래를 부를까?'

이자벨과 제롬은 고개를 갸웃거리며 서로 마주 보았습니다.

벵상 할아버지는 다시 할아버지에게 다가가서 이 런저런 이야기를 나누었습니다. 모두 함께 점심을

먹고 저녁때까지 놀다가 벵상 할아버지는 돌아갔습니다.

벵상 할아버지가 돌아갈 때 할아버지는 단풍나무 아래까지 배웅을 해 주었습니다.

할아버지가 돌아오자 아이들은 다투어 궁금한 것을 물어 보았습니다.

"벵상 할아버지가 뭐라고 그러셨어요?"

"단풍나무가 살아 있다는 거야. 늙기는 했어도 죽지는 않았다는 거지. 허허, 지독한 고집쟁이야. 아무튼 나무가 노래하는 것을 보여 주기로 약속했단다."

"정말 그렇게 할 수 있으시대요?"

"비밀이래. 아무 설명을 안 해 줘서 너희들에게 해 줄 말이 없구나. 조금만 기다려 보라고 했으니까, 기다려 볼 수밖에!"

71 늙은 나무의 노래

시간이 흘러서 어느덧 봄이 찾아왔습니다.

어느 날 저녁 무렵, 아이들은 학교에서 돌아오다
가 단풍나무가 없어진 것을 알았습니다.

단풍나무 대신 잘리고 남은 커다란 그루터기, 잔
가지, 그리고 수북한 톱밥 더미들만이 남아 있었습
니다.

"기어이 우리 할아버지가 이 나무를 자르셨나
봐. 불쌍한 단풍나무…. 벵상 할아버지가 노래를
부르게 해 주겠다고 약속하셨는데……."

제롬의 말에 이자벨이 눈을 동그랗게 뜨고 말했
습니다.

"오빠는 벵상 할아버지의 말씀을 믿어?"

"믿고말고! 그렇게 약속하셨잖아?"

"하지만 우리 할아버지는 죽은 나무는 불에 탈
때 외에는 노래를 하지 못한다고 하셨는걸!"

"꼭 태워야만 노래를 하는 건 아니야. 이리 와 봐. 빨리!"

제롬이 말했습니다.

그들은 집으로 뛰어가 책가방을 집 안에 던져 두고 장작을 넣어 두는 오두막으로 달려갔습니다. 오두막은 할아버지가 마당 한 구석에 나무로 지어 놓았습니다. 오두막 문이 활짝 열려 있고 입구에는 수레가 세워져 있었습니다. 아이들이 뛰어서 거기에 닿았을 때는 얼굴이 토마토처럼 빨개지고 숨이 턱에 찼습니다.

마침 할아버지와 벵상 할아버지가 오두막에서 나왔습니다. 단풍나무 토막은 아직 수레 위에 놓여 있었습니다.

'죽지 않았다고 해 놓고선……'

아이들은 못마땅한 눈초리로 벵상 할아버지를 바

라보았습니다. 그러나 뱅상 할아버지는 아이들의 그런 눈초리에는 아랑곳하지 않고 미소를 띤 채 수레 앞으로 다가가 나무토막을 쓰다듬었습니다.

뱅상 할아버지는 손가락 매듭이 아주 굵고 손톱이 위로 들린 커다란 손을 가지고 있었습니다. 게다가 손이 몹시 거칠었습니다. 할아버지와 악수를 할 때면 마치 중세 시대의 쇠장갑을 끼고 있는 기사 같다는 생각을 할 정도였습니다.

그는 몇 번이나 나무를 쓰다듬더니 아이들에게 한쪽 눈을 찡긋하면서 말했습니다.

"이 나무는 곧 노래를 하게 될 거야. 내가 너희들에게 약속했지? 이 할애비가 그 약속을 반드시 지켜 주마."

그러자 할아버지가 비웃으며 말했습니다.

"그럼, 노래하고말고! 다른 죽은 나무들처럼 땔

감으로 화덕에서나 노래하겠지. 그렇게 노래시키
는 거라면 누가 못 할까? 나라도 당장에 할 수
있지."

할아버지의 말에 벵상 할아버지가 화난 표정으로
고함을 쳤습니다.

"시끄럽네! 자네는 아무것도 몰라. 이 나무는 땅
에 뿌리를 내리고 살 때보다 훨씬 더 아름다운
노래를 부를 수 있을 걸세."

아이들은 눈을 반짝이며 이 말을 들었습니다. 벵
상 할아버지의 말을 듣고 있으려니까 그 말이 그대
로 믿어지는 것이었습니다.

벵상 할아버지는 아이들을 한 팔에 하나씩 안고
꽉 껴안아 주었습니다. 그러자 아이들은 조금 안
심이 되었습니다.

벵상 할아버지는 다시 수레에 다가가서 널빤지

위에 뉘어 놓은 통나무를 계속 어루만졌습니다. 손가락으로 톡톡 쳐 보기도 하고, 통나무에 귀를 가져다 대고 소리를 들어 보기도 했습니다.

"호, 썩 좋아! 아주 최상품이 되겠어! 멋진 노래를 하게 되겠어. 애들아, 할애비가 너희들에게 말했듯이 이 나무는 자기 팔에 가득히 새를 안고 있을 때보다 노래를 더 잘할 수 있을 게다."

드디어 단풍나무는 넓은 널빤지로 잘렸습니다.

7월의 어느 날, 할아버지는 그 나무들을 벵상 할아버지의 작업장으로 옮겨 놓았습니다. 작업장 안에는 여러 가지 장비가 가득했습니다. 톱도 있고, 대패랑 니스도 있었습니다.

벵상 할아버지는 장비들을 사용하여 통나무를 이리저리 다듬었습니다.

시간이 흘러서 또 겨울이 오고 하얀 눈이 내렸습

장비 : 어떤 일을 하는 데 필요한 장치나 도구.

세계 교과서 동화
76

니다.

하루는 벵상 할아버지가 아이들을 찾아왔습니다. 손에 예쁘게 싸여진 물건을 들고 있었습니다. 한눈에 보아도 아이들에게 주려고 선물을 가져온 것이 분명하였습니다.

"자, 받으렴! 무엇인지 궁금하지? 어서 풀어 보려무나!"

벵상 할아버지가 아이들에게 말했습니다. 이자벨과 제롬의 손이 동시에 선물 꾸러미에 달려들었습니다. 매듭이 아주 단단히 매여 있었습니다.

"이자벨, 가서 가위를 가져와."

"싫어, 오빠가 가져와."

서로 가기 싫어서 미루자 벵상 할아버지가 말했습니다.

"가위는 필요 없어. 참을성과 절약 정신을 배워

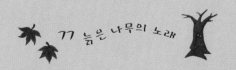

77 늙은 나무의 노래

야지. 매듭을 잘 풀어 보아라. 종이와 끈은 나중
에 다시 사용할 수 있게 찢으면 안 돼."

이자벨과 제롬은 급한 마음을 누르고 천천히 매
듭을 풀어 나갔습니다. 손톱이 아팠지만 벵상 할아
버지가 보고 있었기 때문에 계속 풀어 나갔습니다.
이자벨의 할아버지와 할머니도 와서 함께 구경을
하였습니다.

'저 안에 뭐가 들어 있을까?'

모두 다 궁금해 죽겠다는 표정들이었습니다.

마침내 종이를 벗겨 내자 긴 상자가 나타났습니
다. 벵상 할아버지가 상자를 열자, 그 속에는 초록
색 융단 위에 바이올린이 살포시 놓여 있었습니다.

"자, 보렴! 이 줄과 융단과 활을 빼고는 모든 게
단풍나무를 사용해서 만든 것이지."

벵상 할아버지가 말했습니다.

"어머나! 세상에! 정말 멋지네요."

할머니는 감탄을 그치지 못하였습니다.

"자네의 솜씨가 좋은 것은 알고 있었지만, 이렇게까지 좋을 줄은 몰랐네그려."

할아버지도 너무나 감탄하여 말을 더듬었습니다.

벵상 할아버지도 기분이 좋은지 콧수염을 만지작거리며 말하였습니다.

"그 동안 왜 너희들을 작업실에 들어오지 못하게 했는지 알겠어? 들어왔더라면 바이올린이나 만돌린, 또 다른 악기들을 보고 금세 알 수 있었을 테니까……. 그래, 나는 악기를 만드는 사람이란다. 단풍나무는 가장 아름다운 소리를 내는 나무란다."

벵상 할아버지는 악기를 꺼내서 제롬에게 내밀었습니다.

79 늙은 나무의 노래

"한번 연주해 보지 않겠니? 나무에게 노래를 시
키고 싶지 않아? 이 바이올린을 켜 보려무나."

제롬은 음악가처럼 멋진 폼으로 바이올린을 잡았
습니다. 그리고 팔을 들어서 줄에 활을 긋자 '삐
익!' 하는 찢어지는 듯한 날카로운 소리가 났습니
다. 할머니가 기겁을 하고 놀라 손으로 귀를 막았

습니다. 모두들 신나게 웃어대며 제롬에게 한 마디씩 던졌습니다.

"쯧쯧, 형편없구나! 네 노래 솜씨가 겨우 그 정도냐?"

할아버지가 놀리면서 말했습니다.

"제롬은 먼저 바이올린을 연주하는 법부터 배우려무나."

벵상 할아버지가 턱 아래에 바이올린을 갖다 대면서 말했습니다.

이윽고 늙은 바이올린 기술자는 그 투박한 손으로 바이올린을 켜기 시작했습니다. 이리저리 천천히 거닐며 연주를 하였는데, 흘러 나오는 아름다운 선율에 모두들 마음을 빼앗겼습니다.

'언덕 저 너머에서 바람과 새들이 함께 날아오는 것 같아.'

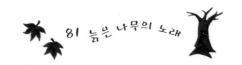

이자벨은 그 달콤한 노랫소리에서 이런 느낌을
받았습니다.

'정말 단풍나무는 죽은 것이 아니로구나. 이렇게
아름다운 노래로 살아 있구나!'

제롬은 단풍나무가 기뻐하며 웃는 듯이 여겨졌습
니다. 마음으로 바이올린의 선율을 들으니 그것이
느껴졌습니다. 벵상 할아버지가 켜는 것은 바이올
린 속에서 노래하는 자신의 삶을 고요하게 마친 늙
은 나무의 겸손하고 소박한 영혼이었습니다.

폴이 지금도 국수를 먹는 이유

"얍! 포켓 몬스터 나와랏!"

"물이 불로 변해랏! 얍! 얍!"

폴의 장래 희망은 요술쟁이였습니다. 그래서 요술쟁이 할머니 집에서 열심히 요술을 배우고 있었습니다. 시간이 어느 정도 흐르자, 폴의 요술 실력도 점점 나아졌습니다. 그러자 폴은 자기도 할머니처럼 요술을 부려 보고 싶었습니다.

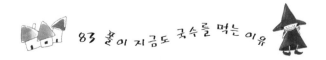

마침 요술쟁이가 집을 비우게 된 어느 날, 폴은 요술쟁이 할머니가 길을 나서자마자 집으로 들어가 부엌에 걸려 있던 단지를 꺼내어 땅 위에 내려놓았습니다.

"흠, 이제 주문을 외울 차례야."

폴은 목청을 가다듬은 뒤 노래를 부르기 시작했습니다.

요술 단지야, 요술 단지야,
펄펄 물을 끓여 맛있는 국수를 삶아라!
저녁때가 되니 배가 출출해.
먹음직스러운 음식을 한 상 차려 주렴!

그런데 이게 웬일이에요?

조금 있으니 정말 단지 속이 부글부글 끓기 시작

하더니, 그 안에 국수가 가득 차는 것이었습니다.

위대한 폴은 마을 한가운데로 뛰어가서 크게 소리쳤습니다.

"국수요, 국수! 요술쟁이 할머니 댁으로 오시면 국수가 있어요! 모두 집에 가서 포크랑 접시, 공기나 대접을 들고 오세요. 위대한 예비 요술쟁이 폴이 주문을 외워 요술 단지가 지금 국수를 만들고 있답니다!"

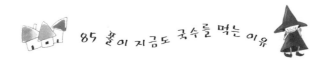

"오, 그게 정말이야?"

사람들은 그 말을 듣고 매우 재미있어했습니다.

"그럼 어서 가 보자고! 나는 커다란 주전자를
가져가야겠어."

모두들 집으로 달려가서 포크며 접시며 공기,
대접 따위를 들고 요술쟁이 할머니의 집으로 모여
들었습니다. 과연 요술 단지에는 정말 국수가 그득
해서 이제는 넘쳐 흘러 나오고 있었습니다.

"야, 이럴 수가! 정말 대단하구나!"

"인제 우리는 먹을 걱정은 안 해도 되겠어."

"정말 신나는 일이야! 공짜로 먹을 수 있다니!"

위대한 폴은 영웅이 되었습니다! 폴은 신이 나서
대접 따위에 가득가득 국수를 나눠 주었습니다.

수녀원의 수녀님들과 동네 성당 신부님까지 모두
가 다 배불리 먹고도 국수는 남았습니다. 어떤 사

람들은 집에 갔다가 다시 먹으러 오기까지 했는데도 요술 단지는 계속 국수를 만들어 냈습니다.

"어, 인제 그만 만들어도 되는데……?"

폴은 당황스러웠습니다.

"요술 단지야! 인제 멈춰라! 멈추라니까!"

폴은 요술 단지가 국수 만들기를 멈추게 하려면 어떻게 해야 하는지를 몰랐습니다.

"아, 이거 큰일났네! 이 일을 어쩌면 좋담! 제발 멈추라니까!"

그러나 국수는 샘솟듯 계속 흘러 나왔습니다. 이윽고 국수가 온 마을에 넘쳐나기 시작하였습니다.

"우리 모두 국수의 침략에 맞서 우리 마을을 지켜야겠습니다. 이불이며 식탁, 문짝까지 모두 들고 나와 방어벽을 세웁시다!"

방어벽 : 적의 공격을 막기 위한 벽.

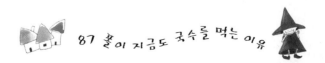

87 폴이 지금도 국수를 먹는 이유

마을 읍장이 사람들 앞에 나와 말했습니다.

그러나 아무 소용이 없었습니다. 요술 단지는 쉬지 않고 부글부글 끓고 있고 국수는 끊임없이 구불거리며 흘러 나왔습니다.

"으악! 이 일을 어쩌면 좋으냐?"

"이제는 끝났다!"

마을 사람들이 신음하듯이 외쳤습니다.

"얼마 안 가서 우리 마을은 국수 속에 잠겨 버리게 될 거야."

그러자 수녀원의 수녀님들은 기도를 드리기 시작했습니다.

"오, 하느님. 저희들을 구해 주소서!"

그런데 이 때 마침 다행스럽게도 요술쟁이 할머니가 여행을 마치고 마을에 들어섰습니다.

"아니?"

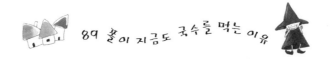

요술쟁이 할머니는 첫눈에 마을에서 일어난 모든 일을 알아차렸습니다.

요술쟁이 할머니가 주문을 외우고, 손에다 세 번 입맞춤을 하자 요술 단지는 마지막 한 번 찰랑 하는 소리를 내더니 멈추었습니다.

마을 사람들은 웅성거리다가 외쳤습니다.

"오, 할머니! 고마워요. 정말 고맙습니다!"

그러더니 모두들 불쌍한, 잠깐 위대했던 폴을 향해 돌아서서 소리치기 시작했습니다.

"당장 저놈을 목매달아라! 저놈 때문에 온 마을이 국수 더미 속에 묻힐 뻔했다! 온 마을 사람들이 다 죽을 뻔했잖아!"

그 때 요술쟁이 할머니가 마을 사람들을 막으며 말했습니다.

"여러분들, 잠깐만요! 그렇게 흥분하시지 말고

기다리세요! 지은 죄에 딱 어울리는 벌을 받게
해야지요."

할머니는 포크를 집어 와서 위대한 폴에게 내밀
며 말했습니다.

"그래, 좋다. 폴, 나는 네가 한 짓에 알맞은 벌
을 내리겠다. 자, 지금부터 이 국수를 전부 먹어
치워라! 온 마을에 단 한 가닥의 국수라도 남아
있으면 가만 두지 않겠다! 알았지?"

"네, 할머니!"

그래서 불쌍한, 위대한 폴은 마을 사람들에게 목매달리지 않기 위해서, 할머니의 말대로 해야만 했답니다.

꾸역꾸역…….

무슨 소리냐고요? 폴이 억지로 국수를 먹고 있는 소리지 뭐겠어요?

다음에는 이 주소로

올해 일곱 살 난 귀여운 샤라는 작은 바닷가 마을에서 살고 있었습니다.

12월이 다가오자 샤라는 산타 할아버지에게 편지를 썼습니다.

할아버지, 저는 이번 크리스마스 선물로 빨간 롤러스케이트를 꼭 받고 싶어요. 꼭 갖다 주실 거지요?

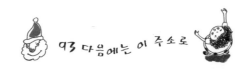

　그런데 샤라는 너무 어려서 자기가 받고 싶은 것을 모두 적을 줄은 몰랐습니다.

　샤라는 산타 할아버지에게 쓴 편지를 창가에 얌전히 올려놓고는 날마다 산타 할아버지가 편지를 가져가기를 기다렸습니다. 하지만 매일 아침 눈을 떠 보면 여전히 편지가 그 자리에 있었습니다.

　샤라는 하루가 다르게 슬픈 얼굴로 변했습니다.

　어느 날, 선생님이 샤라에게 물었습니다.

　"샤라! 요즘 얼굴빛이 안 좋구나. 어디 아프니?"

　"선생님, 산타 할아버지가 아직까지 제 편지를 가져가시지 않았어요. 편지에 선물을 갖다 달라고 썼는데요. 왜 가져가시지 않는 걸까요?"

　샤라의 말이 끝나기도 전에 같은 반 친구들이 큰 소리로 와하하 웃어댔습니다.

　더구나 덩치 큰 남자 아이가 말했습니다.

"바보 아냐? 산타 할아버지에게 편지를 쓰다니!"

그러자 또 다른 아이가 뒤를 이어서 말했습니다.

"나는 아빠가 틀림없이 선물을 사 주신다고 약속했어."

모두들 하나같이 샤라를 놀려 대자 선생님이 엄한 목소리로 말했습니다.

"쉿! 조용히! 샤라를 놀리지 마라."

선생님의 말씀에 아이들이 조용해졌습니다.

집에 돌아와서도 샤라의 슬픔은 사라지지 않았습니다.

'혹시 산타 할아버지가 날 잊어버리신 게 아닐까? 아니면, 산타 할아버지는 아이들의 말처럼 정말 이 세상에 없는 걸까?'

이런 생각만 해도 벌써 샤라의 눈에서는 눈물이 흘러내렸습니다.

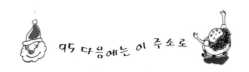

95 다음에는 이 주소로

　학교에 가면 샤라는 친구들의 놀림을 받았습니다. 친구들은 심심할 때마다 샤라를 놀려 대서 마음을 아프게 만들었습니다.

　"샤라는 아직도 한참 엄마 쭈쭈를 먹어야 한대요. 바보같이 산타 할아버지께 편지나 쓴대요."

　샤라의 가장 친한 친구인 콩스탕은 열 살입니다. 콩스탕은 샤라가 놀림을 받는 것이 마음 아팠습니다. 그래서 샤라를 한쪽으로 데려가서 조용히 설명을 해 주었습니다.

　"산타 할아버지가 계시기는 하지만, 선물을 갖다 줄 어린이들이 너무 많아. 그래서 부모님들이 무엇인가를 보답해야만 한단다."

　콩스탕의 말을 들은 샤라는 또 눈물을 흘렸습니다. 왜냐 하면 샤라의 부모님은 너무나 가난했기 때문입니다.

"그럼 난 선물을 받지 못하겠네? 우리 부모님은 너무 가난하셔서 산타 할아버지께 드릴 것이 아무것도 없으실 테니까."

울고 있는 샤라를 보는 콩스탕의 마음도 무척 아팠습니다.

그 때 콩스탕이 좋은 생각을 하나 떠올렸습니다.

"샤라, 내 말을 좀 들어 봐. 산타 할아버지께 네 사정을 알리는 편지를 써 보면 어떨까?"

"편지?"

"그럼! 산타 할아버지가 네 사정을 아신다면, 꼭 선물을 주실 거라고 믿어."

샤라는 기뻐서 콩스탕의 목을 끌어안았습니다.

"그래, 그럼 지금 당장 쓰자."

두 사람은 서둘러서 산타 할아버지에게 편지를 썼습니다.

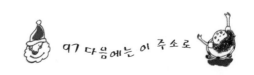

존경하는 산타 할아버지께

　착한 어린이들에게 선물을 나눠 주시느라고 얼마나 바쁘세요?

　그러셔서 제 편지를 창가에 2주일이나 놔 두었는데 아직 가져가시지 못한 거지요?

　제가 이 편지를 쓴 이유는요, 저희 집의 어려운 사정을 말씀드리기 위해서예요.

　산타 할아버지, 저희 집은 참 가난하답니다. 그래서 고생하시는 산타 할아버지께 아무것도 보답해 드리지 못해요.

　저희 부모님은 늘 걱정이 많으세요. 겨울이 너무 일찍 오는 바람에 찬바람에 낚시 그물이 찢겨져 나가서 고기를 잡을 수도 없게 되었고요.

산타 할아버지! 저는 정말 빨간 롤러스 케이트를 갖고 싶어요. 그리고 혹시 남은 옷감이 좀 있으시다면 귀여운 제 원숭이 티티에게 입힐 바지를 갖고 싶어요.

티티는 아주 조그마해서 키가 겨우 30센티미터밖에 안 되니, 많은 옷감은 필요 없어요. 엄마는 원숭이에게 바지가 왜 필요하냐고 하시지만, 감기가 들까 봐 걱정되거든요.

존경하는 산타 할아버지! 제 친구 콩스탕도 기억해 주세요. 콩스탕은 참 마음이 따뜻한 아이랍니다. 제가 편지를 쓰는 걸 도와 주기도 했고요. 늘 저를 도와 준답니다. 산타 할아버지, 아무리 바쁘시더라도 작은 바닷가 마을의 샤라를 잊지 말아 주세요.

샤라 올림

샤라는 봉투에 '산타 할아버지께'라고 썼다가 다시 '존경하고 사랑하는 산타 할아버지께'라고 고쳐 썼습니다. 그리고 봉투의 뒷면에는 자기 이름과 주소를 또박또박 적었습니다.

"콩스탕, 나 얼른 우체국에 다녀올게."

"그래, 조심해서 다녀와."

샤라는 총총총 뛰어서 우체국으로 갔습니다.

샤라의 키는 한껏 발꿈치를 들고서야 우체국 창구에 딱 맞았습니다. 샤라는 발꿈치를 들고 서서 야무진 목소리로 말했습니다.

"언니, 안녕하세요? 이 편지를 보내고 싶은데요."

"오, 그래? 어디 보자."

상냥한 우체국 직원인 루시아가 샤라 쪽으로 몸을 굽혀 편지를 받았습니다. 그녀는 편지 봉투를

살펴보더니 샤라에게 물었습니다.

"애야, 너의 존경하는 산타 할아버지는 어디에 사시니? 편지에는 주소를 꼭 써야 한단다."

"그냥 산타 할아버지께 보내는 건데요. 언니는 산타 할아버지도 모르세요?"

루시아는 이 예쁜 소녀의 말에 당황했습니다.

"미안하지만 언니는 산타 할아버지가 어디에 계신지 모르겠구나. 어디에 계신지를 알아야 이 편지를 보낼 수가 있겠는데……."

샤라의 눈에 또다시 눈물이 그렁해졌습니다.

그러자 루시아가 샤라에게 소리쳤습니다.

"애야, 풍선 장수에게 물어 보면 알지 않을까?"

"네, 그럼 풍선 장수 아저씨를 찾아가 볼게요."

"그래, 꼭 찾기를 빈다."

샤라는 풍선 장수 아저씨를 찾아다녔지만 만날

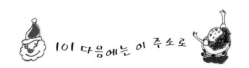

101 다음에는 이 주소로

수가 없었습니다.

'아, 저기 풍선이 있네!'

그 풍선은 바람에 따라 이리저리 춤추며 하늘을 날아다니고 있었습니다. 그 풍선을 보다가 샤라에게 좋은 생각이 떠올랐습니다.

'그래, 풍선에 내 편지를 매달아서 띄우자! 그러면 바람이 산타 할아버지가 계시는 곳으로 가져다 줄 거야. 왜냐 하면 바람은 온 세상을 다 가 보았을 테니까⋯⋯. 이 세상에 바람이 안 가 본 곳이 어디 있겠어?'

샤라는 편지를 잘 접어서 비에 젖지 말라고 비닐로 싼 뒤에, 노란 풍선에 매달아 높이높이 띄웠습니다. 풍선은 곧 구름 위로 둥실둥실 날아 사라졌습니다.

노란 풍선은 쉬지 않고 부지런히 날아갔습니다.

날아가는 도중에 눈도 만나고 비도 만났고, 추위와 폭풍도 견뎌야 했습니다. 산도 넘고 강도 넘고 여러 마을들도 지났습니다. 노란 풍선은 바람에 흔들리면서도 둥실둥실 쉬지 않고 날아갔습니다.

그렇게 쉬지 않고 날아가던 노란 풍선은 그만 지쳐 버렸습니다. 이제는 피곤해서 더 이상 날 수가 없었습니다. 마침 그 때 노란 풍선은 큰 도시 위를 날고 있었습니다.

더 이상 날 수 없게 된 노란 풍선은 아이들이 공부하고 있는 예쁜 학교 마당 위에 떨어졌습니다. 장난꾸러기 장이 수업 시간에 창문 너머로 한눈을 팔다가 노란 풍선을 보았습니다.

"선생님! 큰일났어요! 창 밖에 유에프오가 떨어지고 있어요!"

유에프오 : 미확인 비행 물체. 비행 접시.

칠판에 무엇을 쓰시고
계시던 선생님이 몸을
돌리며 장에게 소리
쳤습니다.

"장! 또 장난이냐?
대낮에 무슨 유에프오란 말이야?"

장이 억울하다는 듯 노란 풍선을 손가락으로 가
리키며 말했습니다.

"정말이라니까요, 선생님! 보세요! 운동장으로
떨어져 내리고 있잖아요?"

선생님이 유리창 가까이 다가가서 밖을 내다보셨
습니다.

"어? 저게 뭐지?"

"미확인 비행 물체라니까요! 저기 우주에서 왔을
거예요."

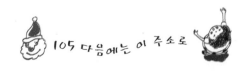

아이들도 창가로 몰려들며 떠들어 댔습니다.

자세히 내려다보던 선생님이 웃으며 말했습니다.

"에이, 풍선이잖아? 노란 풍선이네, 뭐."

"그런데 아래에 뭔가가 달려 있어! 뭐지?"

바로 그 때, 쉬는 시간을 알리는 벨이 길게 울렸습니다.

"야! 우리가 나가서 확인해 보자!"

아이들은 소리치면서 우르르 운동장으로 달려갔습니다.

"허허, 녀석들도 참!"

선생님도 아이들의 뒤를 따라서 운동장으로 나갔습니다.

"선생님, 편지 봉투에 뭐라고 적혀 있는데, 무슨 말인지 모르겠어요."

"아마도 우주에서 온 모양이에요."

우주를 좋아하는 장이 또 말을 받았습니다.

"어디 이리 줘 보렴. 오, 이건 다른 나라 말이야. 아, 이건 정말 먼 곳에서 왔는걸!"

선생님이 놀란 목소리로 외치며 편지 봉투를 뜯었습니다.

"선생님이 읽을 수 있으니까 크게 읽어 주마."

선생님은 모든 아이들이 다 알아들을 수 있도록 크게 읽었습니다.

처음에 '존경하는 산타 할아버지께'라는 말을 듣자 어린이들은 깔깔거리며 웃기 시작하였습니다. 그러나 샤라의 편지의 마지막 부분에 이르러서는 모두들 조용해졌습니다.

"애들아, 이건 아주 간단한 문제야. 우리가 해결할 수 있어. 우리가 힘을 합쳐서 샤라에게 편지와 선물을 마련해 보내면 되거든."

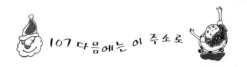

107 다음에는 이 주소로

장이 자기 의견을 말했습니다.

"맞아, 맞아! 우리 저금통을 깨면 돼."

"그래, 선생님도 돕겠다. 먼 곳에 있는 친구에게 기쁜 크리스마스를 선물할 수 있다면, 우리들은 갑절로 행복한 크리스마스가 될 거야."

그 날 오후, 아이들은 저금통을 깨고, 용돈을 모아서 샤라에게 보낼 여러 가지 선물을 샀습니다. 바닷가에서 가난하게 사는 작은 소녀의 소박하고 예쁜 모습이 자꾸만 떠올랐습니다. 빨간 롤러스케이트도 사고, 원숭이 티티를 위한 멋진 보라색 긴 바지, 그리고 샤라가 콩스탕이랑 친구들이랑 나눠 먹을 초콜릿과 갖가지 사탕도 마련했습니다.

그 선물들을 예쁘게 포장하고 나서, 선생님은 산타 할아버지 대신 편지를 썼습니다. 그리고 그 길로 우체국에 가서 편지와 선물 꾸러미를 항공 우편

으로 샤라에게 부쳤습니다.

겨울 방학이 시작되었습니다. 학교에 가지 않으
니까 샤라에게는 시간이 더욱 느리게 가는 것만 같
았습니다.

'내 편지를 산타 할아버지께서 받으셨을까? 그냥
어디에선가 풍선이 펑 하고 터져서, 편지가 바닷
속으로 빠져 버린 건 아닐까?'

샤라의 마음은 조바심이 나서 애가 탔습니다.

드디어 모두가 기다리는 크리스마스 이브가 되었
습니다. 어린이들은 들뜬 마음으로 밤이 되기를 기
다리면서 마을의 공터에 모여 놀고 있었습니다.

그 때 우체국 직원 랭이 탄 오토바이 소리가 들
렸습니다. 마을에서 오토바이를 신나게 몰고 다니
는 사람은 오직 랭밖에 없었습니다.

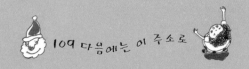

"애들아, 여기 샤라가 있니?"

랭은 오토바이에서 내려서 샤라를 찾았습니다.
랭 아저씨의 오토바이 뒷자리에는 커다란 상자가
실려 있었습니다. 아이들은 오토바이에 실린 큰 상
자에서 눈길을 떼지 못했습니다.

샤라가 콩닥거리는 마음을 누르며 랭 아저씨 앞
으로 나섰습니다.

"저 여기 있는데요."

"오, 샤라야. 네게 이 소포가 왔구나. 여기 편지
도 있어."

그러자 아이들이 좋아서 환호성을 질렀습니다.

"와, 샤라는 좋겠다! 어서 열어 봐. 어서!"

샤라는 너무나 좋아서 볼이 빨개졌습니다. 콩스
탕이 샤라의 등을 툭 쳤습니다.

"빨리 편지를 읽어 봐."

"응, 알았어."

샤라는 조심조심 편지를 열었습니다. 그러나 샤
라는 아직 글씨를 빨리 읽을 수가 없었습니다.

샤라가 계속 더듬거리자 콩스탕이 손을 내밀며
말했습니다.

"내가 읽어 줄게."

"응, 고마워."

콩스탕이 한 눈으로 쭉 편지를 훑어보더니 샤라

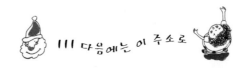

111 다음에는 이 주소로

에게 말했습니다.

"와, 정말 대단한걸! 샤라, 내가 큰 소리로 읽어
도 되지?"

샤라가 고개를 끄덕거리자, 콩스탕이 큰 소리로
편지를 읽어 나갔습니다.

귀여운 샤라야

나는 한 번도 샤라를 잊어 본 적이 없는 산타
할아버지란다.

네 편지는 노란 풍선을 타고 무사히 잘 도착했
단다. 네가 원하는 것이 모두 이 꾸러미 안에 있
었으면 좋겠구나! 올해도, 내년에도 너희 부모님
이 내게 뭔가를 보답할 필요는 전혀 없단다. 그
런 걱정은 하지 말기 바란다.

그렇지만 내년에는 이 편지 봉투 뒷면에 있는
주소로 편지를 쓰도록 하려무나. 내가 기다렸다
가 꼭 받도록 하마.

이 롤러스케이트가 네게 잘 맞는지, 티티는 바
지를 입고 따뜻하게 지냈는지 알려 주면 고맙겠
다. 그리고 부모님과 씩씩한 콩스탕에게도 사랑
한다고 전해 주렴.

그리고 또 너의 모든 학교 친구들에게도 안부
를 전해 주고……. 그럼 내년에 다시 만나도록
하자. 안녕!

산타 할아버지가

"와…….'
사라의 눈은 마치 꿈을 꾸는 듯 영롱해져 있었습

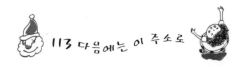

니다. 드디어 샤라가 산타 할아버지한테 크리스마스 선물을 받은 것입니다. 모든 친구들이 그것을 보았으니까, 이제 더 이상 아무도 샤라를 놀리지 못할 것입니다.

샤라와 콩스탕, 그리고 랭 아저씨는 흐뭇한 눈빛으로 선물 꾸러미를 바라보았습니다.

그 때 다른 아이들이 한 목소리로 소리쳤습니다.

"샤라의 멋진 산타 할아버지 만세!"

지나가던 풍선 장수 아저씨도 이 소식을 듣고, 오색의 아름다운 풍선을 하늘로 날려 보냈습니다. 빨강, 노랑, 분홍, 파랑…….

"고마워요, 산타 할아버지! 정말 좋으신 분이세요. 꼭 답장을 쓸게요."

샤라는 산타 할아버지에게서 온 소중한 편지를 다시 한 번 가슴에 꼭 껴안았습니다.

오색 : 여러 가지 빛깔.

 화장실이 없는
베르사유 궁전

파리 교외 베르사유에는 아름답고 호화롭기로 유명한 베르사유
궁전이 있어요. 루이 13세가 지은 사냥용 별장을 태양왕 루이 14세가
대정원을 착공하고 U자형의 호화로운 궁전으로 개축한 뒤 이 궁전
으로 옮겨 살았대요. 궁전에서는 약 1만 명의 사람들이 생활하였
고, 이름난 작가들과 예술가들이 모여들어 화려한 파티를 열곤 했어요.
그런데 왕이 사용하는 화장실 이외에는 화장실이 단 한 군데도 없었
답니다. 그래서 사람들은 건물의 구석 벽이나 바닥 또는 정원의
풀숲이나 나무 밑에서 볼일을 보았답니다. 그러니 얼마나 냄새가
났겠어요?

별난 늑대와 빨간 망토

　숲에서 가까운 마을에 로사라는 귀엽고도 깜찍한
소녀가 있었습니다.

　로사의 흥겨운 노랫소리가 들리면 사람들의 입가
에 저절로 웃음이 떠오르곤 했습니다. 로사의 밝은
웃음이 마을 사람들의 마음까지도 늘 밝게 만들어
주었기 때문이지요.

내 머릿속에는 아주아주 생각이 많아요.

한 개, 두 개, 세 개, 네 개…….

생각들이 마구 돌아다녀요!

생각들이 부딪치면 혹이 생겨요.

머릿속에도 교통 신호등이 필요해요

파란 불, 빨란 불, 노란 불이 필요해요.

어느 날, 로사는 학교에서 〈빨간 망토 소녀와 심통 사나운 늑대〉 이야기를 들었습니다.

로사네 집 뒤쪽 언덕 위에는 널따란 숲이 펼쳐져 있었는데, 해마다 봄이 되면 로사는 오랑캐꽃을 꺾으러 올라가곤 했습니다.

그 숲 속 길을 혼자 걸을 때마다 로사는 가슴이 설레었습니다.

'야, 오늘은 어쩌면 늑대를 만날지도 모르겠는 걸?'

로사는 늑대가 하나도 무섭지 않았습니다.

'늑대가 왜 무섭지? 우리가 집에서 키우는 다른 짐승들과 다를 게 없잖아? 아! 아무래도 덩치는 좀더 크겠지?'

로사에게 늑대는 다른 가축들보다 조금 더 큰 짐승으로만 생각되었습니다. 사실 집에는 새장 안의 카나리아, 도도라는 고양이, 포왈이라는 개 등 친구가 되어 주는 짐승들이 많이 있었기 때문에, 로사는 동물들에게 늘 친근감을 느꼈습니다.

그래서 로사는 이렇게 생각했습니다.

'늑대는 커다란 개처럼 생겼어. 다만 숲에서 사니까 야생 동물이라고 하는 거야. 도망을 칠 만큼 무섭지는 않을 거야. 내가 예뻐하고 귀여워하

고 쓰다듬어 주면 늑대도 좋아하지 않을까? 어쩌면 도도나 포왈처럼 나를 따를지도 몰라.'

로사는 그렇게 숲 속을 쏘다녔지만 아직 한 번도 늑대와 마주친 적이 없었습니다.

'왜 나를 만나러 나오지 않을까? 분명히 내가 숲 속에서 노는 것을 보았을 텐데……. 나랑 친구가 되기 싫어서 그럴까?'

로사의 마음에 섭섭한 생각이 들었습니다.

하루는 로사에게 아주 재미있는 생각이 떠올랐습니다. 그래서 소파에 앉아서 뜨개질을 하고 있는 엄마를 졸랐습니다.

"엄마 엄마, 빨간 망토 하나만 짜 주세요. 노란 망토랑 파란 망토도 짜 주시면 좋겠지만, 그러면 엄마가 너무 힘드시잖아요."

"아유, 생각해 줘서 고맙구나."

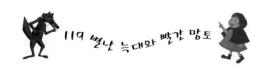

"그 대신에… 기다란 빵만 하나 만들어 주시고
요."

"그건 다 뭐 하게?"

엄마가 또 시작이냐는 듯 귀찮다는 표정으로 물
었습니다.

"재미있는 놀이를 해 보려고요."

"이번에는 무슨 놀이?"

"엄마도 다 아는 빨간 망토 소녀 놀이요……."

엄마는 어이없다는 듯이 큰 소리로 웃으며 말했
습니다.

"그럼 빨간 망토 걸치고 늑대를 만나러 가겠네?"

"네, 엄마!"

엄마와 로사는 함께 소리내어 웃었습니다.

그 날 밤, 엄마는 로사를 위해 빨간 벨벳으로 망
토를 만들었습니다. 그리고 다음 날 아침 일찍 기

다란 빵도 구웠습니다.

"엄마, 그럼 재미있게 놀다 올게요."

"그래, 조심해야 해. 무슨 일이 있으면 크게 소리를 지르렴!"

"네, 걱정 마세요."

로사는 빵을 깨끗한 보자기에 잘 싸서 작은 바구니에 담았습니다. 그리고 빨간 망토를 어깨에 두르고 바구니는 팔에 들고 씩씩하게 숲 속으로 뛰어갔습니다.

숲 속은 커다란 나무들이 많아서 그늘이 시원했습니다.

'대체 늑대는 어디에 있는 거야? 아마도 잘 보이지 않으리만큼 무성한 풀숲 뒤에 숨어 있을 게 뻔한데……'

로사는 오솔길을 따라 걸어갔습니다.

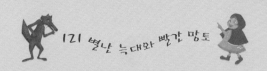

그 때 낙엽이 바스락거리는 소리가 들렸습니다.

'어? 이 소리는 분명히 살금살금 낙엽 밟는 발자국 소리야! 내 뒤를 누군가가 따라오는 게 틀림없다고!'

로사는 홱 몸을 돌려 보았습니다. 바로 늑대였습니다.

로사가 갑자기 돌아서자 살금살금 따라오던 늑대가 놀라서 멈춰 섰습니다. 그러더니 다시 천천히 다가왔습니다.

로사는 속으로 겁이 났지만, 겉으로는 아무렇지도 않은 듯 당당하게 서 있었습니다.

늑대는 로사 옆으로 바짝 다가와서 혀를 한 번 쑥 내밀었습니다.

'어, 나를 잡아먹으려고 입맛을 다시나?'

그러나 늑대의 눈빛이 사람을 잡아먹으리만큼 사

납거나 무섭지 않았습니다.

　늑대는 로사를 물끄러미 바라보더니 물었습니다.

　"이름이 뭐야? 네 이름을 말해 봐."

　"너는 빨간 망토도 몰라서 물어?"

　늑대는 참지 못하고 웃음을 터뜨렸습니다.

"푸하하, 네가 빨간 망토라고? 아니야! 너는 이야기를 아주 좋아하는 모양이로구나! 그럼 분명히 '할머니께 빵을 갖다 드리러 가는 길'이겠구나? 그렇지?"

"아닌데."

로사가 볼이 약간 붉어지며 말했습니다.

"아니라는 건 나도 알아. 너는 빨간 망토가 아니니까."

늑대가 말했습니다.

"그런데 정말 네가 빨간 망토를 잡아먹었니?"

로사가 묻자 늑대는 말없이 고개를 아래로 떨어뜨렸습니다.

"바른 대로 말해. 잡아먹었어, 안 잡아먹었어?"

늑대가 아무 대답도 하지 않자 로사가 무섭게 다그쳤습니다.

"왜 말을 못 해! 말을 하란 말이야!"

그러자 가엾은 늑대는 고개를 떨어뜨린 채 괴로워하며 울었습니다.

늑대는 깊이깊이 자기의 잘못을 뉘우치고 있는 듯이 보였습니다.

'쯧쯧, 불쌍해서 못 보겠네. 용서해 줘야겠어. 누구나 한 번은 잘못을 하게 마련이니까 말이야.'

로사는 작은 손을 내밀어서 늑대의 머리를 쓰다듬기 시작했습니다.

"⋯⋯⋯⋯."

늑대는 가만히 울고만 있었습니다. 로사가 늑대의 등도 어루만져 주자, 늑대는 고개를 들어 애처로운 눈빛으로 로사의 얼굴을 바라보았습니다.

"난 너무 슬퍼. 항상 숨어 살아야 한단 말이야.

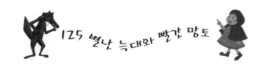

그러니까 친구도 없다고."

"왜?"

"〈빨간 망토〉 이야기 때문이야. 모든 부모님들이 아이들에게 이렇게 말하거든. '너, 말을 듣지 않으면 늑대가 잡아먹는다. 엄마가 늑대를 불러 혼내 줄 거야. 늑대가 얼마나 무서운지 알지?' 그래서 아무도 나를 좋아하지 않아."

"그건 맞는 말이야."

로사가 고개를 끄덕이며 말했습니다.

"그래서 내가 숨어서 지내는 거야. 나는 아이들이 나 때문에 겁을 내는 게 싫어. 모두 나를 무서워하니까……."

"나는 무섭지 않아. 무섭지 않으니까 도망치지도 않고……."

로사의 말에 늑대가 빙그레 웃으며 말했습니다.

"로사야, 너는 정말 용감하고 친절한 아이로구나. 그럼 나를 좀 데려가 줘. 나는 이빨도 없어서 죽을 먹어야 해. 작은 동물도 잡아먹을 수가 없단다. 나를 데려가 줄래?"

로사는 잠시 생각하다가 말했습니다.

"우리 엄마 아빠가 너를 보게 되면 뭐라고 하실까? 늑대를 집에서 기르는 집은 없어서 말이야."

늑대가 더욱 슬픈 표정을 지으며 간절히 말했습니다.

"숲에 버려진 늙은 개를 주워 왔다고 말하면 돼. 잘 봐, 마치 개처럼 보이잖아? 어때?"

로사가 고개를 끄덕였습니다.

"그래. 개랑 비슷해. 데려가 주기 전에 한 가지 약속을 해야 돼."

"말해 봐. 어떤 약속이든지 할게."

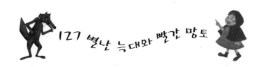

"아무도 물면 안 돼."

늑대는 크게 고개를 끄덕였습니다.

"나는 이빨이 하나밖에 없어서 물고 싶어도 물 수가 없단다."

"또 한 가지가 있어. 집에서 빈둥빈둥 잠만 자면 안 돼. 나를 도와 줘야 해."

"알았어! 그렇게 할게."

로사는 늑대를 자기 집으로 데려갔습니다.

늑대를 데리고 온 로사를 보자 엄마가 놀라며 물었습니다.

"로사, 이 짐승은 뭐니?"

"늑대예요."

로사는 엄마에게 거짓말을 하기 싫어서 사실대로 말했습니다.

"빨간 망토를 잡아먹은 늑대가 맞아요. 그렇지만

저한테 개처럼 말을 잘 듣겠다고 약속했어요."

"우리 집에서 키우려고 데려왔니?"

"그럼요. 너무 늙어서 이빨도 없는걸요. 늑대야,
'아…' 하고 입을 벌려 봐."

로사의 말에 늑대가 입을 한껏
크게 벌렸습니다. 정말 늑대의
이빨은 하나밖에
남아 있지 않았습
니다.

"그래, 위험하
지는 않겠구나."

마침내 엄마가 허락을 해 주었습니다.

다음 날 점심 식사를 마친 후 로사가 늑대에게
말했습니다.

"늑대야, 설거지하는 것 좀 도와 줄래?"

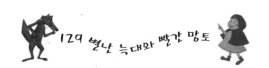

"좋아."

"물에 젖으면 안 되니까 앞치마를 둘러 줄게."

로사는 늑대에게 예쁜 사과가 그려진 앞치마를 둘러 주었습니다. 늑대는 앞발로 그릇을 깨끗이 잘

닦았습니다. 처음 해 보는 설거지인데도 접시를 한
개밖에 깨뜨리지 않았습니다. 로사가 처음 엄마를
도와서 설거지를 한 날 접시를 일곱 개나 깼던 것
에 비하면 아주 잘하는 셈이지요.

설거지가 끝난 뒤 로사는 늑대에게 기다란 비를
주었습니다.

"다음에는 청소를 해야지. 너는 쓸모 있는 짐승
이 되겠다고 약속했으니까……. 방 안을 깨끗이
쓸어 줘."

"알았어."

늑대는 방 안을 말끔히 치우기 시작했습니다. 청
소도 잘하는 이상한 늑대였습니다.

늑대가 청소를 하는 동안 로사는 늑대가 먹을 부
드러운 죽을 끓였습니다.

"자, 인제 식사 시간이야. 넌 이가 하나뿐이니까

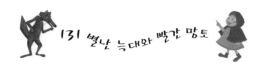

죽을 먹어야 돼."

로사는 늑대의 목에 하얀 수건을 둘러 주고 숟가락으로 죽을 떠 먹여 주었습니다.

"냠냠, 정말 고소하구나."

늑대가 행복해서 게슴츠레해진 눈으로 로사에게 말했습니다.

그 다음 날 로사가 늑대에게 말했습니다.

"나랑 들에 나가자."

로사는 우리 문을 열고 양들을 내보낸 뒤 늑대를 들판으로 데려갔습니다.

"너는 여기서 꼼짝 말고 양들을 지켜야 해."

로사가 말하자 늑대가 이렇게 외쳤습니다.

"양치기 개처럼 말이야?"

"그래! 너는 쓸모 있는 일을 하겠다고 약속했었잖아?"

로사의 말을 듣고 늑대가 풀이 죽은 채 중얼거렸습니다.

"그럼 양들이 나를 물 수도 있겠네! 양들은 이빨이 있으니까……."

정말 불쌍한 늙은 늑대입니다.

로사는 정성껏 늑대를 보살펴 주었습니다. 겨울에 감기에라도 걸리면 담요를 덮어 주고 할머니의 모자를 씌워 주기도 했지요.

늑대는 다시 숲으로 되돌아가지 않았습니다.

마을에서는 모두들 늑대를 개로 생각해 주었습니다. 마을 사람들은 늑대를 '로사네 개'라고 불렀습니다.

"사랑을 해 주면 모두가 친구가 되는 거예요."

로사는 엄마에게 언제나 이렇게 말해 주곤 했습니다.

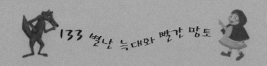

짐승들은 자기가 사랑받는다는 것을 알면 부드러
워집니다. 로사가 늑대에게 말을 걸면 늑대는 언제
나 다정하게 대답을 합니다.

아니, 언제나 그런 것은 아니랍니다. 늑대가 절
대로 대답하지 않는 질문이 하나 있네요. 로사가
이렇게 물어 올 때랍니다.

"네가 빨간 망토를 잡아먹었지? 그래, 안 그래?"

오렌지 세 개

어느 나라에 세상에서 가장 아름답고 영리한 공주가 있었답니다. 공주는 마음씨가 고와서 모든 백성들의 사랑을 한몸에 받고 있었습니다.

그런데 이 공주에게 슬픈 일이 생겼습니다. 열여덟 살이 되던 해에 그만 큰 병에 걸려 몸져눕고 말았습니다.

임금님은 나라 안의 모든 의사들을 불러 말했습니다.

"우리 공주의 병을 고쳐 주오. 만약 낫게만 해
준다면 나라의 반이라도 내리겠소."

그러나 으뜸으로 손꼽히는 유명한 의사도 공주의
병을 고치지 못하였습니다. 오히려 공주의 몸은 하
루가 다르게 약해지기만 했습니다. 임금님의 슬픔
은 이루 말할 수가 없이 컸습니다.

그 때 먼 나라에서 이름을 떨치던 한 의사가 공
주가 아프다는 말을 듣고 부랴부랴 임금님을 찾아
왔습니다.

"여기까지 찾아와 줘서 고맙구려."

"공주님만 나으실 수 있다면 그보다 더 큰 영광
이 없겠습니다."

"그럼 나을 방법이 있겠소?"

"네, 폐하. 공주님을 낫게 할 방법은 있습니다.
다만 그 약이 우리 손이 닿지 않는 먼 곳에 있답

니다. 그 약을 구하기 위해서는 오렌
지나무가 자라는 따뜻한 남쪽 나라까
지 가야 됩니다. 거기에는 드넓
은 꽃밭이 있는데, 겨울이
없기 때문에 눈도 내리지
않고 얼음도 얼지 않습
니다. 꽃밭에는 흰
꽃이 만발한 나무가
한 그루 있는데,
그 나무 위에서는
수많은 꾀꼬리가
밤낮으로 울어 댄
답니다. 그 나무는
황금빛 열매를 맺는
데, 그 열매 세 개만 있

으면 공주님을 살릴 수 있답니다. 공주님이 첫
열매를 잡수시고 나면 자리에서 일어날 수 있게
되고, 두 번째 열매를 잡수시고 나면 건강해지실
것이며, 세 번째 열매를 잡수신 뒤에는 이렇게
말할 것입니다. '이 오렌지를 저에게 가져다 준
분과 결혼하고 싶어요. 그렇게 하지 않으면 저는
다시 몸져눕게 될 거예요.' 오렌지를 구하려면
위험을 무릅써야 하기 때문에 건강한 젊은이들만
이 그 일을 할 수 있을 것입니다."

"오, 알았소! 우리 공주를 위해 무슨 일인들 못
하겠소?"

임금님은 당장 온 나라에 신하들을 보내서 자신
의 뜻을 알리게 했습니다. 마을마다 이런 안내가
붙어 있었습니다.

공주님이 큰 병에 걸리셨다. 약으로 쓰기 위해 먼 나라의 오렌지 세 개가 필요하다. 먼 나라에 가서 오렌지를 구해 오는 자를 공주의 남편으로 삼겠다.

그 때 한 마을에 가난한 홀어머니가 세 아들과 함께 고생하며 살고 있었습니다.

큰아들과 둘째 아들은 어머니의 골치를 썩이는 말썽꾼들이었습니다. 날마다 먹고 노는 일이 전부였습니다. 일하기를 어찌나 싫어하는지 늙은 어머니가 밭일을 해서 받아 온 품삯으로 죽을 끓여 먹어도 꼼짝도 하지 않고 방 안에서만 뒹굴었습니다.

그런데 막내아들은 달랐습니다. 아직 어렸지만 잠시도 쉬지 않고 부지런히 일을 하였습니다. 그리고 비록 가난한 살림이었지만 더 어려운 사람을 만

나면 아낌없이 베풀 줄 알았습니다. 게다가 힘도
세고 배짱도 좋아서, 홀어머니는 철없는 두 아들
대신 막내아들만 믿고 살았습니다.

어느 날, 밖에 놀러 나갔다 온 큰아들이 말했습
니다.

"하하하, 제가 드디어 효도를 할 때가 왔어요.
어머니, 제가 임금님의 사위가 되면 평생 고기
반찬을 드실 수 있으실 겁니다."

어머니는 큰아들의 큰소리에 어안이벙벙해져서
물었습니다.

"애야, 그게 무슨 말이야? 난 통 모르겠구나."

"어서 바구니를 하나 주세요. 오렌지가 열리는
나라에 다녀와야 해요. 그 오렌지를 드시면 공주
님의 병이 낫는대요."

"아무쪼록 조심해야 한다."

큰아들은 큰소리를 탕탕 치며 길을 떠났습니다.

그 나라가 얼마나 멀고 멀었던지 몇 달을 걷고 또 걸었습니다. 잠도 자지 않고 걸어서 마침내 오렌지가 열리는 나라에 닿게 되었습니다. 정말 그곳은 따뜻했습니다.

사방에 드넓은 꽃밭이 있었습니다. 그리고 그 꽃밭 가운데 하얀 꽃이 피어 있고, 수많은 꾀꼬리가 우짖는 오렌지나무가 보였습니다. 나무 위에는 황금빛으로 빛나는 탐스러운 오렌지들이 주렁주렁 열려 있었습니다.

'생각보다 쉽네, 뭐. 이제 돌아가서 공주님과 결혼할 일만 남았구나! 하하!'

큰아들은 황금빛 오렌지 세 개를 따서 바구니에 넣고 왕궁을 향해 다시 길을 떠났습니다. 걷고 또 걸어 왕궁에 거의 다 온 큰아들은 잠시 쉬려고 샘

가의 나무 아래 앉았습니다.

샘가에는 누더기옷을 입은 할머니 한 분이 앉아 있었습니다. 할머니는 큰아들에게 물었습니다.

"잘생긴 젊은이, 그 바구니 안에 무엇이 들었나?"

큰아들은 거지나 다름없이 초라한 할머니가 장차 임금님의 사위가 될 사람에게 말을 거는 것이 못마땅하고 기분 나빴습니다.

"이 늙은 거지야, 내가 왜 그걸 말해야 하는데? 개구리 세 마리다."

"개구리 세 마리? 응, 그렇구먼."

큰아들은 다시 부지런히 걸어서 궁전 앞에 이르렀습니다.

큰아들은 온 나라 안에 다 들리리만큼 큰 목소리로 으스대며 임금님에게 말했습니다.

"이젠 마음놓으십시오, 임금님. 걱정은 그만 하
셔도 됩니다!"

"뭐라고? 오, 젊은이, 그대가 구해 왔구나!"

"그럼요! 아주 쉬운 일이었습니다. 자, 오렌지
세 개를 받으십시오. 그리고 약속하신 대로 공주
님을 제 아내로 주십시오."

큰아들은 활짝 웃으며 바구니를 임금님에게 건네
었습니다.

"고마운지고! 인제 우리 공주가 살았도다!"

떨리는 마음으로 바구니를 열어 보던 임금님의
얼굴이 하얗게 질렸습니다. 화를 참지
못하고 임금님은 바구니를 땅에
팽개치며 고함을 쳤습니다.

"네 이놈! 감히 나를
놀리다니! 개구리

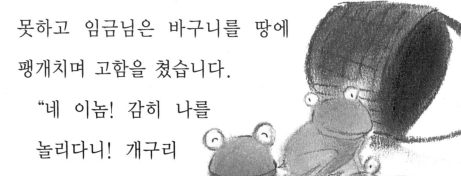

세 마리를 잡아 와? 여봐라, 이놈을 당장 감옥에
처넣어라!"

큰아들은 빛도 들어오지 않는 캄캄한 감옥에 갇
히고 말았습니다.

다음 날 둘째 아들이 어머니에게 말했습니다.

"어머니, 형님이 돌아올 시간이 지났습니다. 무
슨 일이 있는 것이 분명합니다. 제게 바구니를
주세요. 제가 오렌지의 나라로 떠나겠습니다. 돌
아와서는 공주님과 결혼한 후에 어머니를 모시러
오겠어요."

둘째 아들도 길을 떠났습니다. 몇 달을 쉬지 않
고 새벽부터 한밤중까지 걷기만 했습니다.

그러다 마침내 오렌지 나라에 닿게 되었습니다.
눈도 내리지 않고 얼음도 얼지 않는 꽃밭에 눈부신
흰 꽃들이 피어 있고, 꾀꼬리들이 밤낮으로 노래하

는 오렌지나무를 보았습니다. 나무 위에는 아름다
운 황금빛 오렌지가 익어 가고 있었습니다.

둘째 아들은 황금빛 오렌지 세 개를 따서 바구니
에 담고 길을 떠났습니다.

왕궁에 거의 다 왔을 무렵, 둘째 아들은 맑은 샘
가에 다다랐습니다.

'아이, 목말라. 물 좀 마시고 가야지.'

그런데 샘가에 초라하기 짝이 없는 할머니가 앉
아 있다가 말을 걸었습니다.

"잘생긴 젊은이, 그 바구니에 뭐가 들었나?"

그 말을 듣자 둘째 아들도 펄펄 뛰었습니다.

"내가 누구인 줄 알고 감히 말을 붙여? 이런 미
친 할멈이 다 있나! 뱀 세 마리가 들었다, 왜?"

할머니의 얼굴에 슬픈 빛이 감돌았습니다.

"뱀 세 마리? 응, 그렇구면."

다시 길을 떠난 둘째 아들은 해가 지기 전에 궁궐에 도착했습니다.

"기뻐하십시오, 임금님! 여기 오렌지 세 개를 가져왔습니다. 자, 이제 공주님을 제 아내로 주십시오."

"오, 어서 보자!"

그러나 바구니를 열어 보던 임금님은 크게 화를 내며 바구니를 던져 버리는 게 아닙니까!

"이런 거짓말쟁이 같으니라고! 뱀 세 마리를 오렌지라고? 여봐라! 당장 이놈을 감옥에 처넣어라!"

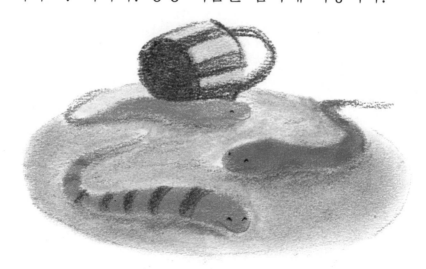

"임금님! 분명히 오렌지를 땄는데……. 억울합니다!"

둘째 아들은 울면서 부르짖었지만, 바구니에서 나온 것은 보기에도 징그러운 세 마리의 뱀이었으니 기가 막힐 일이 아닐 수 없었습니다.

둘째 아들도 즉시 감옥으로 끌려가고 말았습니다.

"어찌 이런 바보 같은 젊은이들만 있단 말이냐? 아, 우리 공주를 살릴 방법이 없단 말이냐?"

임금님의 얼굴이 걱정으로 어두워졌습니다.

다음 날 새벽 일찍 이번에는 막내아들이 어머니에게 말했습니다.

"어머니, 두 형님이 다 돌아오지 않네요. 무슨 일이 있는 게 분명해요. 아무래도 제가 가 봐야겠어요. 제게도 바구니를 주세요."

그러자 어머니는 막내아들의 손을 잡으며 막아섰습니다.

"애야, 안 된다. 내가 너 하나 믿고 살아 왔는데 어딜 가겠다고 하느냐? 안 된다! 인제 너 하나 남았는데, 어디를 가려고 하느냐? 그냥 여기 있거라."

"아니에요, 어머니. 제가 오렌지를 구해서 돌아오면, 집안 형편도 조금 나아질 거예요. 그리고 형님들의 소식도 들을 수 있을 거예요."

"그렇다면 부디 몸조심하거라."

"네, 어머니. 아무 걱정 하지 마세요. 제가 조심할게요."

막내아들은 길을 떠났습니다. 걷고 또 걸어서 몇 달 후에 오렌지 나라에 도착하게 되었습니다. 사계절 내내 따뜻한 그 나라는 온통 아름다운 꽃이 핀

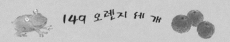

꽃밭이었습니다. 그 곳에는 흰 꽃이 가득 피어 있고, 나뭇가지 위에서 수많은 꾀꼬리가 밤낮으로 울어대는 오렌지나무가 있었습니다. 오렌지나무에는 황금빛 오렌지 세 개가 익어 가고 있었습니다.

'아, 됐다! 인제 공주님을 살릴 수 있게 되었구나! 이것을 드시고 착한 공주님이 건강해지시기만 한다면 더 바랄 것이 없어.'

막내아들은 조심조심 오렌지 세 개를 따서 바구니에 넣고 왕궁을 향해 길을 떠났습니다. 왕궁에 거의 다 왔을 때쯤 막내아들은 샘에 다다르게 되었습니다.

'후유, 힘들다. 조금만 쉬었다가 가야지.'

막내아들은 샘가의 작은 바위 위에 앉았습니다.

그런데 샘가에는 허리가 땅에 닿을 듯이 구부정한 초라한 할머니가 앉아 있다가, 막내아들을 보더

니 냄비 긁는 쇳소리 같은 목소리로 물었습니다.

"잘생긴 젊은이, 그 바구니에 든 게 뭐지?"

"네, 할머니, 오렌지 세 개랍니다."

할머니의 얼굴에 흐뭇한 웃음이 피어났습니다.

"오렌지 세 개라고?"

막내아들은 늙어서 몸이 한줌밖에 안 되는 할머니가 몹시 가엾게 여겨졌습니다.

"할머니, 제가 좀 도와 드릴 일이 없을까요? 몸이 불편하신 것 같은데요."

"있고말고! 내 물동이에 맑은 샘물 좀 찰찰 채워 줄 수 있겠나?"

"네, 그러지요. 잠깐만 기다리세요."

막내아들은 바구니를 옆에 내려놓고 물을 긷기 시작했습니다.

"고마우이. 그런데 그 오렌지는 어디에 쓰려고

가져가는 거야?”

“왕궁으로 가져간답니다. 우리 공주님이 몹시 아프시거든요. 이 오렌지를 드셔야만 나으실 수 있답니다. 오렌지를 구해 오는 사람에게는 공주님을 아내로 주겠다고 약속하셨지만, 저같이 부족한 사람이 감히 어떻게 공주님과 결혼할 수 있겠어요? 저야 고생만 하시는 어머니를 위해 약간의 돈을 내려 주신다면 정말 감사할 따름이지요.”

그러자 할머니는 인자한 웃음을 띠며 막내아들에게 일러 주었습니다.

“젊은이, 자넨 행운이 따르는구먼. 공주님을 아내로 맞게 될 걸세. 그런데 그렇게 되려면 아직도 해야 할 일이 많다네. 내 말을 잘 들어 두었다가 내가 시키는 대로 하게나.”

“네, 할머니.”

막내아들은 이 할머니가 보통 할머니가 아니라는 것을 알아차렸습니다.

"임금님은 솔직히 자네에게 공주를 주고 싶은 마음이 별로 없을 걸세. 그래서 요구 조건을 자꾸 내세울 거야. 첫번째 요구는 나라 안에서 설치는 파리 떼를 몽땅 쫓아 내라고 요구할 걸세. 그러니 이 파리채를 가져가게."

할머니는 보퉁이에서 작은 파리채 하나를 꺼내어 막내아들에게 주었습니다.

"이것을 작게 한 번만 내리쳐도 나라 안의 모든 파리가 백 리 밖으로 도망가서 다시는 돌아올 생각조차 못 할 걸세. 그 다음에 임금님은 다른 요구를 할 거야. 자, 이것을 받게."

할머니는 보퉁이에서 은으로 만들어진 작은 호루라기 하나를 꺼내 막내아들에게 주었습니다.

"이 호루라기를 써야 할 때가 올 거야. 임금님이 토끼 300마리를 모아 두었다가 매일 해거름에 가축 우리로 데려오라고 하실 걸세. 그 때 이 은 호루라기를 목에 걸고 가게. 이것을 불기만 하면 아무리 많은 토끼라도 마치 목동의 뒤를 따르는 양 떼처럼 졸졸졸 자네 뒤를 따라올 걸세."

막내아들은 할머니에게 허리를 굽혀 절을 하였습니다.

"할머니, 정말 친절하시네요. 고맙습니다."

"아직 다 끝난 게 아닐세. 토끼를 몰고 가면 임금님이 그 중 한 마리를 달라고 하실 걸세. 그런데 그냥 드리면 안 된다는 것을 명심하게."

"네……."

막내아들은 눈을 반짝이며 할머니의 말을 귀담아

들었습니다.

할머니는 다시 보퉁이 속에서 반지 하나를 꺼내 막내아들에게 주었습니다.

"드리기는 드리되, 조건을 내걸어야 하네. 임금님께 이렇게 말하게. '이 반지를 공주님 손가락에 끼워 볼 수 있게 해 주신다면 드리겠습니다.' 그런데 그 반지는 일단 한번 끼워지기만 하면 점점 조여들게 된다네. 금세 공주님이 아파서 소리를 지르게 될 걸세. '아버지! 어서 결혼을 허락해 주세요! 그러시지 않으면 저는 죽게 될 거예요!'라고 말일세."

"말씀대로 다 하겠습니다. 할머니의 은혜는 잊지 않겠습니다."

막내아들은 몇 번이나 할머니에게 허리를 굽혀 절을 한 다음에 길을 떠났습니다.

아직 햇살이 남아 있을 때 막내아들은 궁전 앞에 도착했습니다.

"그 동안 평안하셨습니까? 임금님, 여기 오렌지 세 개를 구해 왔습니다."

임금님은 얼른 바구니를 열어 보았습니다.

"오, 오렌지다! 인제 우리 공주는 살았다!"

임금님은 손수 오렌지 바구니를 들고 공주의 방으로 갔습니다.

"오, 공주야. 어서 이 오렌지를 먹어 보아라!"

공주는 오렌지 한 개를 먹고 나더니 침대에서 몸을 일으켰습니다. 그리고 두 번째 오렌지를 먹고 나서는 건강을 되찾아서 사뿐사뿐 걸어다녔습니다. 세 번째 오렌지를 먹고 나더니 공주님은 임금님께 이렇게 말했습니다.

"아버님, 이 오렌지를 가져온 젊은이와 결혼하고

싶어요."

그러나 건강해진 공주를 본 임금님의 마음은 변
했습니다.

'아, 아까워! 아까워서 도저히 그 촌놈과 결혼시
킬 수 없어!'

그래서 임금님은 마뜩찮은 눈으로 막내아들을 흘
겨보며 말했습니다.

"좋아! 약속을 했으니 결혼을 시키긴 시켜야지.
그런데 과연 공주의 신랑이 될 만한지 몇 가지
시험을 해 봐야겠어."

"좋습니다, 임금님. 명령만 내리십시오."

"우리 나라에 파리가 너무 많다. 골치 아픈 이
파리 떼를 쫓아 내 다오."

"네, 문제 없습니다."

막내아들의 입가에 미소가 피어 올랐습니다. 할

머니가 가르쳐 준 대로만 하면 되기 때문입니다.

"그럼 즉시 이 자리에서 파리 떼를 쫓아 버리겠습니다."

막내는 파리채를 들고 힘껏 내리쳤습니다. 그러자마자 파리 떼들이 우르르 나라 밖으로 도망쳐 버렸습니다. 그 광경을 본 임금님의 얼굴빛이 변했습니다.

'아니, 저런 재주가 있다니! 촌놈이 보통이 아닌데? 좀더 어려운 요구를 해야겠군.'

임금님은 막내에게 다시 한 번 요구를 했습니다.

"금보다도 귀하고 은보다도 귀한 내 딸과 결혼하기가 숭늉 마시기보다 쉬워서야 되겠느냐? 한 가지를 더 통과한다면 결혼을 시켜 주겠다. 내 딸과 결혼하려면, 일 주일 안에 토끼 300마리를 잡아 해거름에 우리로 데려와야 한다."

"네, 문제 없습니다."

막내는 은으로 된 호루라기를 목에 걸고 토끼를 모으러 시골로 떠났습니다. 그리고 어느 날 저녁 해거름에 호루라기를 불었습니다. 그러자 사방에서 300마리의 토끼가 몰려나와 말 잘 듣는 강아지들처럼 졸졸졸 우리로 따라왔습니다.

"임금님, 명령하신 대로 토끼 300마리를 데려
왔습니다."

"어, 어?"

임금님은 도무지 믿어지지 않는다는 표정으로 말
했습니다.

"토끼 중에서 한 마리만 내게 다오."

"물론 좋습니다. 그런데 이 금반지를 공주님의
손가락에 한 번만 끼워 보게 해 주신다면, 원하
시는 토끼를 갖게 해 드리겠습니다."

"좋다. 그게 뭐 어렵겠느냐?"

막내아들은 공주의 손가락에 반지를 끼웠습니다.
그러자 반지는 공주님의 손가락을 자꾸자꾸 세게
죄어 갔습니다.

"아! 아파요!"

공주님은 아픔을 참지 못하여 하얘진 얼굴로 소

리쳤습니다.

"아버님, 빨리 결혼시켜 주겠다고 하세요. 안 그러면 저는 죽게 될 거예요!"

임금님도 놀란 나머지 큰 소리로 말했습니다.

"오냐 오냐, 내 딸아! 오늘 당장 결혼시켜 주마!"

임금님의 말이 떨어지는 순간, 반지는 손가락 조이기를 멈추었습니다.

바로 그 다음 날 궁전에서는 막내아들과 공주님의 결혼식이 열렸습니다.

결혼한 두 사람은 사이좋게 오래오래 행복하게 살았답니다. 물론 어머님에게도 효도를 했고, 어리석은 두 형들도 감옥에서 풀어 주어 새사람이 되게 해 주었답니다.

● **나폴레옹과 에투알 개선문**

개선문은 전쟁에서 이기고 돌아
오는 군사를 환영하고 기념하기 위
하여 세운 문으로 로마의 콘스탄티
누스 개선문, 독일의 브란덴부르크
문 등 유럽에서 많이 세워졌어요.

그런데 개선문 하면 파리의 에투
알 개선문을 떠올리지요. 파리에는
카루젤 개선문도 있어요. 두 개선문
모두 나폴레옹의 승전을 기념하여
세운 것이에요.

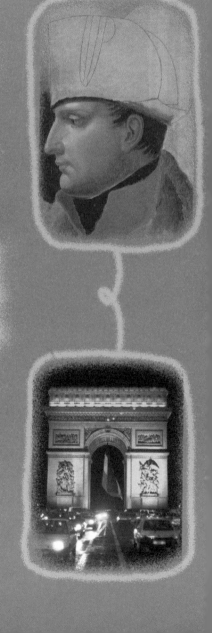

요리사라도 오케이!

소리없이 하얀 눈이 펄펄 내리는 한겨울입니다.

'아, 혼자서 살기란 정말 외롭구나! 왕으로서, 명령을 내릴 사람이 한 사람도 없다는 것은 정말 슬픈 일이야.'

라비스 임금님은 혼자 쓸쓸하게 살고 있었습니다. 원래는 셀 수도 없이 많은 사람들이 임금님을 섬기고 살았는데, 왕이 끊임없이 자기 왕국의 백성들에게 명령만 내렸기 때문에 모두들 지친 나머지 다른 나라로 떠나 버렸던 것입니다.

"나는 떠날 거야. 변덕쟁이 임금님의 명령을 다 들어 주다가는 살 수가 없어!"

"나도 떠날 거요. 임금님의 명령 소리가 들리지 않도록 멀리멀리 가 버릴 거요!"

하나둘 다투어 사람들이 떠나기 시작하여 이제 성 안에는 오직 쿠쿠라고 하는 길들여진 새 한 마리만 남아 있었습니다.

쿠쿠는 하루 종일 말할 사람도 없이 혼자서 살아
가는 임금님이 너무나 딱하고 불쌍하였습니다.

'임금님이 참 가엾다! 내가 어떻게든 도와 드릴
방법이 없을까?'

여러 가지 생각 끝에 쿠쿠는 라비스 왕을 위해
백성들을 찾으러 떠나기로 마음먹었습니다.

쿠쿠는 숲 속 깊이 날아가서 큰 곰을 만나게 되
자 이렇게 물었습니다.

"안녕! 만나서 반갑다. 네 이름은 뭐니?"

"안녕! 내 이름은 모르강이야."

"그래, 좋아. 모르강! 너 우리 임금님의 백성이
될 생각 없니?"

그러자 모르강은 배를 두드리며 큰 소리로 웃어
댔습니다. 커다란 웃음소리가 나뭇가지를 출렁이게
할 정도로 요란하였습니다. 숲 전체가 으하하하…

웃는 것만 같았습니다.

"쯧쯧! 너, 미쳤니?
내가 주인인 이 숲을
버리고 내 발로 걸어
서 종이 되려고 너네
임금님한테 간단 말
이냐?"

곰이 으르렁거리며 비웃었습니다.

"이런! 임금님이 뭔지도 모르는 버릇없는 녀석들
같으니라고!"

"종살이가 뭐가 좋아서 우리가 가겠니?"

"우리 임금님은 백성들에게 멋진 집도 주고 먹을
것도 주고 옷도 준단다!"

쿠쿠가 곰과 그의 친구들에게 말했지만 모두 콧
방귀를 뀔 뿐이었습니다.

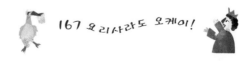

"그 대신 우리들의 자유를 빼앗아 가잖아? 나는 싫다! 자유가 더 좋아! 딴 데나 가서 알아보렴!"

"칫! 알았어. 가지 말래도 간다."

쿠쿠는 발길을 돌려 더 깊은 숲 속으로 날아 들어갔습니다.

밤이 되고 날씨가 추워지자 쿠쿠는 몹시 외로웠습니다. 그는 이 가지 저 가지 사이를 날아다니다 갑자기 눈이 번쩍 뜨였습니다.

'앗, 집이다!'

쿠쿠는 다가가서 창으로 들여다보았습니다. 한 소녀가 보기에도 따스해 보이는 이불을 덮고 쌕쌕 잠들어 있었습니다. 소녀의 이름은 마리였습니다.

쿠쿠는 사람을 찾은 것이 너무나 기뻐서 펄쩍펄 쩍 날갯짓을 하면서 소리쳤습니다.

"이젠 됐어! 찾았다!"

쿠쿠가 어찌나 큰 소리를 질렀는지 마리가 잠에서 깨어났습니다.

'무슨 일이지?'

마리는 밖을 살피려고 유리창에 가까이 다가섰다가 쿠쿠를 보았습니다.

"어머나! 예쁜 새잖아?"

마리는 얼른 유리창을 열어 주며 말했습니다.

"어서 들어와."

"아가씨, 고맙습니다."

쿠쿠가 가볍게 날아 방으로 들어왔습니다.

"추운데 돌아다니지 말고 네 집처럼 편하게 지내도록 해."

착한 마리의 말에 쿠쿠가 고개를 저으며 말했습니다.

"그럴 수는 없어. 그러면 우리 임금님은 너무 슬

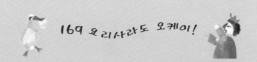
169 요리사라도 오케이!

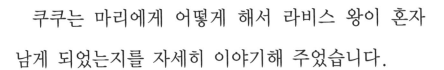

퍼하실 거야."

"네 임금님이 누군데? 왜 슬퍼하지?"

쿠쿠는 마리에게 어떻게 해서 라비스 왕이 혼자 남게 되었는지를 자세히 이야기해 주었습니다.

"임금님은 착하고 인자하신 분인데, 명령하기를 너무 좋아한 것이 탈이시란다. 하다못해 백성들이 날마다 입는 옷까지도 명령을 하고, 머리를 자르거나 수염을 기르거나, 집 안 청소를 하는 일 등도 간섭을 하시지. 하루 종일 말씀을 하시기 때문에 백성들은 고달플 수밖에 없게 되고 말았던 거야."

마리가 알아듣겠다는 듯이 고개를 끄덕였습니다.

"그래서 지금은 모두 떠나 버리고 아무도 없어. 혼자 왕궁에서 외로이 울며 지내신단다."

쿠쿠가 이야기를 마쳤을 때, 마리는 벌써 털신을

신고 외투를 입었습니다. 그리고 결심한 듯 말했습니다.

"가자! 친구가 단 한 명도 없는 불쌍한 왕을 보러 가자꾸나."

"정말? 정말 임금님에게 가 주겠니?"

"그래. 어서 앞장 서라."

마리는 쿠쿠를 따라서 임금님이 계시는 왕궁으로 왔습니다. 그리고 맛있는 수프를 끓여 라비스 임금님의 기운을 회복시켜 주었습니다. 또 친구가 되어 재미있게 이야기도 해 주었습니다.

"하하하, 정말 기분이 좋구나!"

임금님의 입가에서 웃음이 사라지지 않았습니다.

그런데 다음 날 아침, 마리는 집으로 돌아갈 준비를 마치고 임금님에게 인사를 하였습니다.

"안녕히 계세요! 이제 가 봐야겠어요."

마리의 말에 임금님은 깜짝 놀라서 말렸습니다.

"가면 안 된다! 나는 혼자 있는 게 무섭다. 너에게 왕궁에 남아 있을 것을 명령한다."

마리는 고개를 흔들었습니다.

"폐하! 폐하에게 필요한 것은 복종하는 백성이 아니라 폐하를 진심으로 사랑하는 친구랍니다."

"원래부터 임금들에게는 친구가 없는 법이야. 어떻게 친구를 만들지?"

"큰 잔치를 벌여 보세요. 그러면 많은 친구들이 모여들 거예요."

임금님은 마리의 생각이 매우 마음에 들었습니다. 그러나 잔치를 열 만한 준비를 할 수가 없었습니다.

"그런데 누가 잔치 준비를 하지? 내 백성이라고는 쿠쿠밖에 없는데……"

"일할 사람이 셋이나 되잖아요? 그러면 충분해요."

마리가 손가락으로 임금님을 가리키며 말했습니다. 그러자 임금님은 불같이 화를 내며 고함을 쳤습니다.

"네가 제 정신이냐? 감히 한 나라의 임금인 나한테 일을 하라고? 임금인 내가 감자를 썰고 장작을 쪼개란 말이냐? 네가 미친 게 분명하다!"

"그래요? 그럼 안녕히 계세요. 외롭게 사시는 게 좋으시다면 할 수 없지요, 뭐."

마리는 돌아서서 걸어 나가기 시작했습니다.

"아, 잠깐만! 잠깐만 기다리거라!"

체면을 구기더라도 라비스 임금님은 어쩔 도리가 없었습니다. 혼자 있는 외로움이 정말 싫었기 때문입니다.

임금님은 곧바로 소매를 걷어붙이고 일을 시작했습니다. 일을 하다 보니 어느 사이엔가 프라이팬과 솥을 다루는 일이 여간 재미있는 일이 아니라는 것을 깨달았습니다.

"우…, 룰루 랄라……."

임금님은 양파를 볶으며 흥에 겨워 노래까지 불러 댔습니다.

마리는 임금님 곁에서 열심히 도와 주었습니다. 쿠쿠도 부지런히 왕궁을 정리하며 손님들을 맞을 준비를 하였습니다.

땀을 뻘뻘 흘리며 일한 덕분에 얼마 뒤에 왕궁 안에서는 맛있는 냄새가 솔솔 났습니다. 냄새는 솔솔 퍼져 나가 이웃 나라 백성들의 코로 들어갔습니다. 사람들이 냄새를 따라서 하나둘 몰려들기 시작했습니다.

얼마 안 되어 나라 안이 사람들로 가득 찼습니다.

그러자 임금님이 궁전의 문을 열고 사람들에게 명령을 내렸습니다.

"모두들 안으로 들어와서 식탁에 앉을 것을 명령한다."

왕은 자기가 만든 요리를 자랑할 수 있게 된 것이 신이 났습니다.

"임금님, 명령은 안 돼요! 명령하시지 말고 친구로서 말씀하세요."

마리가 왕의 귀에 속삭였습니다.

"아, 알았다."

왕은 다시 부드러운 말투로 말했습니다.

"에, 말하자면 여러분을 제 점심 식탁에 정중히 초대한 거라오. 친구로서 응해 주기를 바라오."

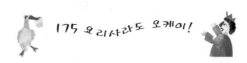

모든 사람들이 아주 즐거운 마음으로 식사를 하였습니다.

"정말 임금님의 요리 솜씨는 최고예요."

음식이 떨어지기 무섭게 임금님은 다시 소매를 걷어붙이고 열심히 요리를 했습니다. 고기를 굽고 소스를 만들어 부지런히 식탁에 날랐습니다. 이마와 콧잔등에서 쉴새없이 땀방울이 흘러내렸지만 임금님의 마음 속에는 행복이 가득 차 오르고 있었습니다.

모두가 마지막 후식을 먹을 때, 왕은 의자 위로 올라가 점잖게 연설을 했습니다.

"에헴! 여러분을 모시게 되어 임금인 저로서는 영광입니다."

백성들은 점점 더 눈이 커졌습니다. 너무나 변한 임금님의 모습이 믿어지지가 않을 정도였습니다.

후식 : 식사 후에 먹는 과일 같은 간단한 음식.

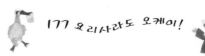 177 요리사라도 오케이!

"이제부터 이 성은 우리 모두가 함께 만나서 즐겁게 지내는 장소가 될 것입니다. 나라 안의 모든 사람들은 제 초대 손님이 될 것이고요."

모든 백성들이 임금님의 말에 힘껏 환영의 박수를 쳤습니다. 이웃 나라에서 살고 있던 백성들 가운데 많은 사람들이 당장 이삿짐을 싸서 돌아오겠다고 했습니다.

이렇게 해서 임금님의 나라는 세상에서 오직 하나밖에 없는 나라가 되었습니다. 백성은 없고 임금과 임금의 친구들만 있는 나라, 경비원도 군인도 없고 노랫소리와 맛있는 음식 냄새가 풍기는 이상한 왕국이 생긴 것입니다.

이 나라에서는 백성이나 짐승이나 여행자나 그 누구라도 언제나 정다운 친구 대접을 받을 수 있습니다.

그런데 이 행복한 나라를 지도에서는 찾아볼 수
없답니다. 하지만 여러분이 가까이 가 보면 금세
알 수는 있지요. 어떻게 아느냐고요?

소올, 솔, 솔…….

언제나 여러분의 식욕을 돋우는 맛깔스러운 냄새
가 배어 나올 테니까요.

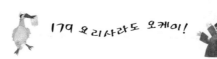
179 요리사라도 오케이!

이 꼬마가 비밀 이야기를 털어 놓지 않길래 데려왔어요.

오, 그래? 비밀 이야기라···. 뭔지 궁금하군!

자~, 꼬마야. 어서 비밀 이야기를 해 봐라.

이야기 하면 집에 보내 주실 거예요?

물론이지.

헤헤, 순진하긴! 이야기를 듣고 나서 널 하인으로 부려 먹을 테다! 으흐흐.

거인 살려!

아니, 도대체 왜들 저러지?

엉엉! 무서워!

아직도 제 비밀이 뭔지 궁금하세요?

꿀꺽~! 무섭긴 하지만 그래도 궁금해!

우아악!

헤헤, 어서 집에 가야지!

야호, 집이다!

세계교과서 동화 188

홍역 : 홍역 바이러스에 의해 일어나는 급성 전염병.

논술 기초 다지기

재미있게 읽어 보았나요? 다음의 문제를 풀면서
논술의 기초를 튼튼하게 다져 보세요.

1 〈브리앙의 어리벙벙한 소원〉을 읽어 보았나요?
브리앙의 소원은 무엇이었나요?

① 공부를 잘하는 것   ② 얼굴의 주근깨가 깨끗이 없어지는 것

③ 얼굴에 주근깨가 나는 것   ④ 마르그리트와 친해지는 것

2 각각 어떤 때 쓰는 말인지 짤막하게 설명해 보세요.

★ 고양이 세수

★ 둘이 먹다가 하나가 죽어도 모른다.

★ 까마귀가 형님 하자고 하겠다.

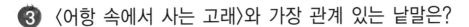

3 〈어항 속에서 사는 고래〉와 가장 관계 있는 낱말은?

① 효도   ② 충성

③ 우정   ④ 용기

4 〈늙은 나무의 노래〉를 재미있게 읽었나요? 벵상 할아버지는
왜 죽은 단풍나무가 죽지 않았다고 하셨을까요?

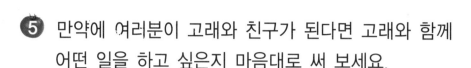

5 만약에 여러분이 고래와 친구가 된다면 고래와 함께 어떤 일을 하고 싶은지 마음대로 써 보세요.

6 〈나는 나야!〉에서 미셸은 왜 당나귀 바젤의 몸에 줄무늬를 그려 넣었나요?

① 당나귀 바젤이 자기 몸을 멋지게 꾸며 달라고 졸라서

② 얼룩말로 꾸며 돈을 벌어 할아버지를 도우려고

③ 심심해서 장난삼아

7 〈다음에는 이 주소로〉를 재미있게 읽었나요?
샤라는 편지를 어떻게 산타 할아버지께 부쳤나요?

① 우체국에 맡겨서   ② 샤라 자신이 직접 들고 가서

③ 눈썰매를 타고 가서   ④ 풍선에 매달아서

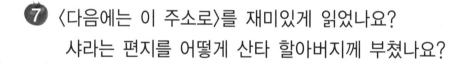

8 〈요리사라도 오케이!〉를 재미있게 읽었나요?
만약에 여러분이 임금님이라면 백성들을 어떻게 다스릴지 마음껏 써 보세요.

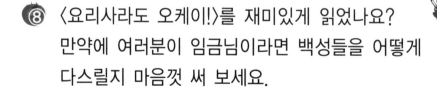